微花世界

谢舞波 著

北方文艺出版社

图书在版编目(CIP)数据

微花世界 / 谢舞波著. -- 哈尔滨：北方文艺出版
社，2022.11
ISBN 978-7-5317-5733-7

Ⅰ. ①微… Ⅱ. ①谢… Ⅲ. ①散文集-中国-当代
Ⅳ. ①I267

中国版本图书馆 CIP 数据核字(2022)第 190936 号

微花世界
WEIHUA SHIJIE

作 者 / 谢舞波

责任编辑 / 赵　芳　　　　　　封面设计 / 书香力扬

出版发行 / 北方文艺出版社　　　网　址 / www.bfwy.com
邮　编 / 150008　　　　　　　　经　销 / 新华书店
地　址 / 哈尔滨市南岗区宣庆小区 1 号楼
发行电话 / (0451) 86825533

印　刷 / 成都兴怡包装装潢有限公司　开　本 / 880mm×1230mm　1/32
字　数 / 200 千　　　　　　　　印　张 / 8.375
版　次 / 2022 年 11 月第 1 版　　　印　次 / 2023 年 3 月第 1 次印刷

书　号 / ISBN 978-7-5317-5733-7　　定　价 / 58.00 元

可怕也可爱的谢舞波

——谢舞波《微花世界》代序

李少咏

作为一个读了几十年书的老书虫，还是一个偏重于阅读文学艺术作品的老书虫，我差不多已经锤炼成了百毒不侵金刚不坏之身心，很少再害怕畏惧哪位作家哪位艺术家了。随着年龄的持续增长，脸皮厚了，筋骨壮了，整个身心也都更加瓷实或者说更加皮实了，大概就是如此吧。

我知道，我的所谓百毒不侵金刚不坏之身心的形成，是有一个隐秘条件在起着无比重要的作用。那就是，我只对纯粹的作家艺术家或者说文学艺术写作爱好者免疫。

也就是说，我不怕的，是那些纯粹的文学艺术写作者。

只因为，他们是没有自己的。

他们只有社会头衔，顶着专业作家艺术家、业余作家艺术家、业余文学艺术写作者的标签或者名号。这样的写作者，实在没有什么可怕的，没有什么值得畏惧的。

也只是因为，和他们在一起，或者只是和他们近距离接触一下，我一眼就能看到他们骨头缝里浅存或者深藏着的小骄傲小自卑，说穿了就是某种说不出原因的卑微。

有什么可害怕可畏惧的呢？

拿到谢舞波兄带来的这本《微花世界》书稿的时候，我也没有觉得畏惧或者害怕，就像我给他上一本诗文集《问情自然》写序言的时候一样。

有什么可害怕可畏惧的呢？除了年长了几岁，也许在社会阅历层面上更加圆通更加"老奸巨猾"了一点，他，我的谢舞波老兄，还会有什么不一样的地方吗？

哎，还真的有些地方不一样了。

开始阅读第一遍的时候，一种隐隐约约的惊恐便悄然袭上心头：这，好像不是那个聪明智慧又有一份普泛的自然之爱和生命之爱的现实的法官、业余的诗人散文家了啊。

因为在他面前甚至包括在电话里微信里和他交流，从没有过这样的感觉，所以就实在不太敢相信。这当然也是因为在我的阅读体验中，在中国，在河南，尤其是在我们洛阳，这样超越了自身现实身份限定和精神固化范围的写作者或者艺术创作从业者，实在太稀缺，太凤毛麟角了。

一个虽然很成功，但实际上还是很普通很草根的基层法官，怎么可能超越或者说飞升到那个让很多人都不由自主甚至是不明所以地仰慕的层面了呢？

不敢相信，那就继续读，把那一摞厚厚的 A4 纸打印稿读成一只飞扬跋扈的翻毛儿鸡，大概总能从中找到蛛丝马迹，发现是不是虚惊一场，或者更准确地说是不是惊喜一场吧。

上苍总是会垂顾我这样的对一件喜欢的事情孜孜以求永不放弃的虔敬的信奉者。翻来覆去地读，宁可冒着被朋友兼老兄以为他早已心里着急火烧火燎我却还无关痛痒毫不上心的误解，也始终不放弃地钻进那些文稿的字里行间，如同着魔一般研判打磨。终于，我明白了，我没有错！我敏锐的直觉没有骗我。

这真的是一位已经走进了自己又走出了自己从而羽化飞升了自己的写作者。

就是我们常说的稀有金属吧。

从这些文字的字里行间发现，大概从2016年开始，谢舞波开始了羽化飞升的蝶变。以前那个外表柔弱、专注、敏锐、质朴还有一点天真与好奇的基层法官，不知不觉中幻化成了一个常常眯缝着的双目开阖间精光四射，悄然投射出一股逼人的英气与侠气的虽然依旧无名却剽悍慑人的大侠。当我们的目光凝聚在他已经不再年轻也说不上很英俊却绝对独一无二的目光射线的时候，轰然涌动起来的气血瞬间与散射出来的一片紫光融汇在一起。那是经由他笔下的文字悄然显化出来的气血四合的筋骨的力量，很自然地带有某种稀有金属的质地与光芒。

谢舞波的可怕，弥漫在我周围的所有空间和我精神深处所有细微的缝隙之中。

他好像已经天然地知道了什么叫微言大义，只是在每一个篇章当中，甚至很多只有几百字世俗中常常戏称"豆腐块"的细小篇章中，比如《柳韵》《说舞》《岁月的温度》《父母赋》《诗人的高度——读〈无题（外二首）〉》等，除了评析路遥《平凡的世界》等少数文字篇幅较长，大多数文章长不过如一篇教材课文，短甚至只如一杯清茶，却都能让人品咂回味，如《品粥》《品茶与钓鱼》《"味道"中说》。作为旅行者，他从不低估一山一水、一草一木；作为读者，他从不低估哪怕一位远远够不上有名气的作者的作品；而作为作者，他也从不低估任何一位读者、欣赏者和批评者。他就像古龙笔下《三少爷的剑》的主人公无敌剑侠谢晓峰，任何一次出剑，都绝对全力以赴，绝不留哪怕一丝一毫余力。

而且，我们读他的文字，不由自主间有时候会忽然"细思极恐"。我们生活中，甚至思想中的某些小确幸、小九九、小算盘，在他的文字的映照下，竟然都会身不由己地露出小尾巴，现出小原形。在无形的比照中，会突然弄出一身或大或小、或粗或细的冷汗。

不妨偷偷想一想，遇见了这样一个写字的人，你说可怕不可怕！会不会产生一丝莫名的畏惧！

让人可怕甚至产生莫名畏惧的，归根结底，还是他文字中包藏着的那股莫名的力量。在那些貌似平静温和，实则睥睨世俗的文字面具背后，只要我们悄悄撕开一线细微的缝隙，就能够很真切地感受到一个博大而又孤独的灵魂如万古河流般深沉深切又无声无色的呢喃。那呢喃也许是亲切的，甚至是饱含着热烈的挚爱的情感，可你还是会感受到它无所不在的冷冽。

谢舞波文字的力量一直存在。但那力量勃然暴射出深沉热烈到冷冽的程度，就像我前面说的那样，是在大致 2016 年以后才集中出现的。我不知道那一年究竟发生了什么，却能够感受到，那以后，谢舞波悄然改变了他的观察方式和思维辨析路径；那以后，他的笔下依然是普通的人生际遇、普通的花花草草、普通的精神感悟，但其文字的重量，却有了几乎是伐毛洗髓脱胎换骨一般的变化。温馨热情大爱依然，精警执拗犀利依然。

不同的是谢舞波也许都没能有意识地认知到，他的文字中已经悄然融入了某种大悲悯、大无奈、大沉重。那些大悲悯、大无奈、大沉重悄然熔铸炼化，化为某种从生命最深处透射出来的莫名的力量。我们读着它们，很难清楚描述它们，却又能感觉到它们随时随地就在那里，在自己的生命里，如一块杜勃罗留波夫笔下无形却沉重无比的压舱石，压在我们的灵魂头顶上，让我们的生命和灵魂不在当今时代里喧嚣轻浮。我们这个时代是一个特殊的时代，伟大和荒谬并存，龌龊与清洁同在。茫然中放眼四顾，我们会很轻易地发现，人与人各自为政相互隔绝已成常态，信息爆炸泛滥又绝对交流匮乏，旧的乌托邦破灭，新的精神底色最多的是贫瘠苍白，赤裸清洁的灵魂很难找到地方安放，只有自我囚禁。

到了最后，我们自觉不自觉地像电影《第七封印》《野草莓》《呼喊与细语》《芬妮与亚历山大》的导演英格玛·伯格曼说的那样，全"都聚集到一个牢笼里，站在一起为自己的孤独哀鸣，既不相互倾听，也意识不到我们正在相互窒息。每个人都盯着对方的眼睛，却否认对方的存在。我们在原地打转，如此地陷入自己的愁苦之中，以至于不再能分辨真与伪，分辨暴徒的狂想和纯洁的理想……"

英格玛·伯格曼最后总是会给予他的主人公们一些勇气与希望，很多时候，就是让他的主人公们鼓起勇气，面对他们共同的命运。人与人之间携起手来，并肩承担共同的命运，也许依旧是艰辛的，却也一定会是幸福的。"给点蜜尝尝味道，我就可以死了。"

那份蜜，就是人与人之间相互的爱与关怀吧。

有了那份蜜，有了那份人与人之间的相互关爱与支撑，这样的人生，才算是真正活过了吧。真正活过的人，是不会惧怕死亡的。只因为他可以自豪地告诉身边的人：我真正活过，我可以无憾了。

如是，回头，我们也可以说，谢舞波的文字，也许就是我们一直在寻找的那份蜜。

放下手边的琐细，读他的文字吧。最好，慢慢地读，不用赶时间。阿城先生说过，慢一点，不要赶，浇水的时候，慢，才能渗得深！

李少咏，生于 1965 年，逍遥镇人，教授，文学博士。中国文学评论家协会会员，洛阳市评论家协会主席。曾获河南杜甫文学奖等，已出版《没有人看见草生长》《倾听与阐释》等作品。

目 录
CONTENTS

微花世界

　　只要你走出房门，顺道而行抬眼望去，就会发现随处的空间里，只要有绿色生长，就会有花朵绽放。无论是田间种植的作物或是荒地野生的杂草，无论是园林果木或是丛林杂树，无论有名无名，只要处于花季，就会有自己的美丽。那些或大或小、或艳或淡的花朵，星星点点灿若星辰地布满在绿色之间，让人在惊喜之余沉醉于色彩斑斓的微花世界。

　　当你俯下身子，那一朵朵精美的小花就会清晰地映入你的眼帘。它们身材饱满，亦如待嫁的新娘，一阵轻风摇曳，就会扬起它们羞涩的笑脸。红的、黄的、蓝的、紫的、白的、黑的，大若手掌，小若米粒，坚实的花冠，托起如画的花瓣，微微开启的心扉透出纤细的花蕊，裸露出一丝委婉而曼妙的美丽，让过往的君子佳人平添了一份愉悦的心情。

　　然而，在五彩斑斓的世界里，人们往往热衷于大雅之堂上的富贵名花，而疏忽了遗落荒野的微花小草。名贵花木，悦人耳目，世人爱之，名人赞之，诗词歌赋颂之，追捧者趋之若鹜，若众星捧月。这些阳春白雪的超凡脱俗，固然高雅优美，但企及者毕竟少数，生活中接触最多的，还是那些普通的花草之类，也正是由于这些不起眼且占多数的微美点缀，才使得这个世界多姿多彩，精彩纷呈。

也许是厌倦了被过于粉饰的名花，渐渐地，我开始专注于生长旷野的微花世界了。我拿起相机，用微距记录了它们的美丽。这些小花很多叫不上名字，它们或被绿色淹没，或被荒草覆盖，你即便不是故意漠视，若不仔细观察，也真的看不清它们的模样。但无论你欣然抑或漠然，它们都从容淡定，自开自乐，或路边，或山涧，或缝隙，或墙头，或攀岩，或匍匐，在人们的视线之外，悠然绽放四季。

这些如豆如米微不足道的微花世界，如不用微距的接触很难看到它们细微之处的美丽，只有与它们深层次接触，才能在如痴如醉中，深感它们毫不逊色的美颜，与那些大家闺秀般的名花相比，美得更加纯真朴实。

花之美，美在状态，就像人之美，美在气质一样。人无尊卑贵贱，花无品高品低。野花之野，非指所开之地，实为性野。性野，非指肆意妄为，实是豪爽、奔放、自由。爱花，爱的是花朵孕育的过程，爱的是花开瞬间的绚烂，与是否结果无关。就像人生的意义并不在于取得成功，而在于享受追求成功的过程一样，只有用一种清静、和谐、内敛的欣赏与品读，取代过分张扬、功利、浮躁的浅薄评判，才能感受微花世界的含蓄之美。

我为名花的高雅而赞叹，但从不倾慕，这并不是高不可攀带来的嫉妒，而是因为，我不想给花赋予过多的含义。一朵花就是一朵花，开就开了，谢就谢了，自有其自然规律。名花有璀璨的耀眼，微花有曼妙的内敛，家花适合欣赏，野花适合抒情，各有各的特色，没有孰重孰轻。树木繁茂，百花色泽艳丽，自由展示其生命之美。树木不以其材，花不虑其小，各自灿烂于自己的季节。

我是芸芸众生中一个普通的小人物，亦如微花世界的一朵无名花。因此，每行走田间地头或者荒郊野外，当看到那些并不夺人眼球而依然绽放的微小花朵时，就会情不自禁地停下脚步，甚至学着它们的样子匍匐在地，近距离地和它们进行情感的交流，进行着心灵深处的对话。那种天人合一般的亲近，让我一次又一次地思索生命的本质。其实，平凡普通的微花世界，亦是我们平凡人生的一个浓缩，这些生长在平凡土地上微小生命绽放的精彩瞬间，就是我们对生命本质最朴实最真切的诠释。

2012 年 5 月

蒙蒙细雨下

傍晚，不带一点心思，漫步在汝河堤岸上。是散步，是闲转，是释放工作的累，但最多的是打发一天剩余的时间。

有雨，不大，但也让初夏的夜显得清爽，多了几分风情。人不多，只有寥寥几个，偶尔有恋人经过，不过，他们都打着伞，或共撑一把，或独执一柄。伞花不同，五颜六色，但伞下全是一样的暖意。而我没有，只是在雨中静静地向前移动，吸吮雨天的泽润，一任雨雾氤氲身体，让一份凉意透过衣服浸湿我的皮肤，滋润我的心灵。烦恼与喧嚣被完全卸载，身心被彻底过滤，惬意是自然的，愉悦也是自然的，灵魂在细雨蒙蒙下得到放松和修复，重新回归我的躯体。

若是晴朗的夜，此时在此地经过，便能听到河滩此起彼伏的蛙声，那蛙鸣的声音，如同大型交响乐团伴奏的集体大合唱，重重叠叠，反反复复，悦耳动听。但今夜没有，可能是气温的感应，几分凉意的侵袭使它们感到了不适而失语。但也有不怕冷的，依然出来练声，但却是三言两语，占了少数。我想，这可能是耐不住寂寞而试图唤起爱情的声响，也可能是在迷茫之中排遣心中的孤独，无论是哪一种，都不失为最坦诚的呼唤……

慢行的步履交融在慢行的细雨里，格外轻盈。干燥枯萎了一个季节的土地和植物，贪婪地吸吮着上苍并不充裕的恩赐，即便是点滴的滋养，也使那饱经沧桑而褶皱重叠的脸迅速舒展起来，在路灯略显灰暗的光照下，依然绽放出熠熠的光彩。蓦然，我在那闪亮的绿叶里和松软温和的地面上，有一种悲悯之下的感动，为这最易被满足的生命，为这似乎与生俱来的质朴和纯厚。

时光的脚步，婉转在嵯峨危峰，流转于亭台楼榭，徜徉于江河湖海，烟雨与共，共唱岁月流年。时光的手，在轻阅绿江无数中温柔地抚摸着每一个匆匆而过的世人。然而，细雨的滋润却没有那般均匀，如若有幸得到细雨的垂爱，沐浴其中，那将是上天极大的恩宠……

雨好像大了一点，不见了路人，我依然在岸边徘徊，欣赏着宁静的风雨，沉浸于宁静的心境，我似乎听到了细雨和大地之上承载着的生命的温馨耳语，细腻而婉约，一怀柔情，恰似恋人呢喃！

蓦然，视线之外的闹市传来爆竹的巨响，抬眼望去，天空铺设了一片烟花迷离的光影，这是庆贺走向婚姻殿堂的礼炮。我知道，此时的城内，依然有灯红酒绿的沉醉，依然是车水马龙的喧嚣。在远离喧嚣的郊外，在雨中的沉思中，我不知应当为那繁忙奔波叫好，还是应为眼下的宁静庆幸！但我心里，依然为那一对对即将走向婚姻殿堂的新人祝福！

2013 年 5 月 18 日

旅　行

　　久挨于家中，常走于两点，机械而单调，远行成了渴望，期许压抑在远行中得到释放。趁妻去上海参加贸易会之机，利用公休时间，一同前往，虽不是游山玩水，但也能在一次旅行中，看看自己家以外的世界。

　　早早地来到车站，很谦卑地等候着列车的到来。眼前，人潮涌动，一波涌出，一波涌进。候车室内，有开心说笑的，有低头看报的，有焦急张望的，有闭目养神的。表情虽难以捉摸，但他们的去向不外乎走出和走回两种（无家可归的流浪者除外）。无论是何种情形，这一刻，只要有上车的呼唤，人们便前呼后拥地旋向进口。

　　列车离开车站，渐行渐远，甜美温柔的声音，款待着列车上来自五湖四海的乘客，这是列车上最美的风景。但无论乘务员怎样彬彬有礼，也改变不了车厢内的拥挤和杂沓。有座位和无座位的过道上，坐着、站着的都是人，或者稍有档次的躺在狭窄的硬卧席上，抑或更加高档的软卧包厢，三六九等的座次上的人们，在此时都会压抑，都会闻到汗腥甚至脚臭的味道，他们全都一样地遭受着列车的颠簸和"咣当、咣当"车轮碾压道轨的声响。列车穿行在白天与黑夜之间，无论是白天的花朵，还是黑夜的霓虹，都在飞驰中瞬间而过。这个过程，车窗里的风景没有重复，脑海在视线里快速接纳，思想来不及过滤就将未及熟悉的画面摔在后边。相似的，只有路边不动的树和田野里的植物，还有新旧不同的房屋以及那房屋里不同的心事。

　　列车在一个接一个的站点稍加停顿之后，就继续向前行走，一直到达它的终点。其实，所有的站点，既不是始点，也不是终点。列车如同行人，只是将这些站点作为临时停靠和休整的栖息之地，稍息片刻，就又重新出发，无休无止，直至终老。车站只是人生旅途中的一个交叉点，旅行中的人们在这里不期而遇，这便有了同路人。不同的方言和肤色，坐了同一辆车，既有了很短的路程，也有了同舟共济的命运。我们应当珍视人生这种不期而遇，也许转身就永不再见。所以，我常用善意的微笑，仰望那些匆匆而过的背影悄然流逝身旁，并将所有的面孔和缘分装进行囊，定格为美好的记忆。

　　旅行的脚步停留于历史底蕴厚重且为世界大都市的上海，参加贸易会是这次旅行的目的。作为习文之人，勤于公务，候于官场，却不谙商道。客观地说，商人和其他社会成员一样，都是我们这个社会不可或缺的。在社会整体里，文人以儒雅为荣，官人以仕途为谋，而商人却以财富扬名。无论文人、官宦还是商人，都在坚守着自己的信念，崇尚着自己的信条，信奉着自己的理想，无论辉煌与暗淡，成功与失败，他们都在为了自己的目标，孜孜以求，长途跋涉。

　　尽管会议日程紧迫，我还是抽空欣赏了会外风景。上海滩是来过的，当我用目光再次打量，那闪动着瓷光的古物，洋溢着更加青春的气息。南京路去得勤了一些，每一次用脚步丈量时，那日新月异中的繁荣景象，总会让我怦然心动。外滩是上海的风景，而这一次，我却从外滩对面的滨江大道，审视和欣赏黄浦江畔的崭新风貌。最感慨的就是站在东方明珠的最顶端俯瞰上海的全景了，如同审视七十年来中国的发展一样，那种繁华和璀璨，在上海中心大厦、环球金融中心、金茂大厦等标志性建筑的点缀和烘托下，呈现出一个国际大都市的浪漫与前卫，让人震撼与沉醉。上海是一个丰富多彩的城市，文化古迹、风景名胜数不胜数。我知道，它只是我人生旅行中的一个站点，所以，每次都匆匆而来又匆匆离开，这次也不例外，在意犹未尽的遗憾中踏上归程。

其实，这个社会本是一辆运行的列车，我们每一个个体都是行者。生命就是一场旅行。由生到死，由青春到暮年，由此端到彼端。无论是谁，都在追寻着自己的目标，一路跋山涉水，不停地向前奔去。

人生本是一次漫长而艰难的苦旅！

2014 年 7 月

品　粥

　　粥是济世之物，是我国饮食文化的精粹，有"世间第一补物"之美誉。自农耕以来，从帝王、达官显贵滋补养生，到平民百姓糊口充饥，粥膳养生的历史，上下几千年，源远流长。当下，粥已不再是糊口之物，而成为一种平衡膳食、调剂口味的美食。

　　随着年龄的增长，对粥的感觉愈加意味深长。它是世间第一补物，那种绵柔、平滑、舒缓让人回味无穷。每每盛粥来喝，那种熬出来的味道，总让人有一种温暖舒适之感。

　　粥，是在慢火中熬出来的，最早的粥字为"鬻"，从字的结构便知其意，粥的下面是鬲，鬲是一种陶制的炊煮器具，形状与鼎一样。显然，粥字一生，便在火炉之上，与火扯上了关系，注定了它是火的产物。煮粥的过程，更是平常自然，先用清水将米浸泡，然后放入热水锅里，盖上锅盖，先大火煮开，再转入文火熬煮。其间，可顺水数次搅拌，经悠长的炖煮煎熬，直至米粒颗颗饱满、粒粒黏稠，便成了粥。煮粥的过程，是一种物与物的交合过程，是纯净的米粒和清凉的水的融合过程。这种交合，经历了水与火的考验，经历了熬煮过程里的相互融合。在这种交融过程里，相对独立的物体逐渐失去了清纯单一，和另一种相对独立的清纯混在了一起，变成了相互依存的混合体，这种混合的黏糊状态，就是浴火重生的结果。

在农村有将粥说成"糊涂"的，也有称"糊糊"的。黏黏糊糊的粥，没有一丝不粘连，本来的两种元素，在文火的炖煮下，便相互粘在一起，成为合二为一的你中有我、我中有你的新体系。粥有稀稠之分，熬的时间短了就稀些，熬的时间长了就稠些。粥的种类很多，有单一的米粥，也有五谷杂混，还可配置鲜肉和山珍，也可搭配瓜果蔬菜，但粥离不开谷物，离不开火烧开水里的熬煮。

如将熬粥的过程喻为人生，则有郑板桥"难得糊涂"之心得。糊涂之深浅，与熬煮的时间长短有关，不同经历，不同人生，有不同故事。人生要与人交合，要与物相融，每一个人都要面对现实，并在现实里慢慢地熬，慢慢地煮，慢慢地适应。只有经历了这个过程，才能尝到熬出来的滋味。这熬出来的滋味，是凝结了生活的所有，是经历生活考验之后的一种升华，是凝结了的厚重，是粘连之后的平缓包容，是平静之后的光滑舒适。

林语堂说过一句话特别精辟："捧着一把茶壶，把人生煎熬到最本质的精髓。"此时，他品的"这壶茶"，已经不只是"壶泡之茶"，而是"心灵之茶"，是心中林林总总的归纳，是人生之应景所得。这种生活感悟，只有在心平气和时才能觅到。那是在和缓的心境里，在如茶般的浸润中寻求到的一种寄托，一种安慰，一种平静。

人生路上，不是一马平川。在熬的过程中，每个人都会尝遍各种滋味。只要坚持，充满希望，就会有收获。其实，人生意义就在于熬，每熬出一步，都是苦乐人生最宝贵的财富。

　　宋朝诗人丘葵《煮粥》有云："清晨扫松叶，旋复烘于煤。汲井手自淅，咄嗟香满鬵。母子共一饱，茅檐乐愔愔。虽无淆随奉，庶不愧此心。"世上最好的高汤，都是熬出来的，熬是人生最深的滋味！一粥，一人，一生。一碗粥，坦荡荡地吃下，若悟得粥道，其味更长！更美！

2018 年 6 月

"味道"中说

　　"味道"一词，看来简单，仔细考究，却有丰富的内涵。

　　许慎《说文解字》："味，滋味也。"这是用舌头尝、鼻子闻所得的最本真的感觉。道，指路、方向，法则和规律。同时，道也是老子哲学的最高境界，"道生一，一生二，二生三，三生万物"。如果这样将味与道结合起来，就意境深远了，可解为"味的道白"，道出天地万物的真谛与情味。

　　味是品出来的，《礼记·大学》："心不在焉，视而不见，听而不闻，食而不知其味。"只有品出真味，才能道个明白。当然，这需要实践，需要阅历，需要咀嚼慢品，需要用心思考。苦辣酸甜咸是人们感知的食物的味道，如果品味生活，就复杂了许多，像绘画中各种颜色的混合，出现多种色彩的叠加，就有难以言喻的五味杂陈。"少年不知愁滋味"只是刚刚开始，只是表象。"春雨楼头尺八箫，何时归看浙江潮？芒鞋破钵无人识，踏过樱花第几桥。"只有遍尝世间百味，方可品出人间沧桑。

　　人总要经过很多事情，人生成长，如一年四季，每个季节都有其独特的味道。春天，阳光明媚，春雨绵绵，万物开始新的生长。一切都告别了过去，重新开始。柳树，长出了嫩芽，嫩得自然，绿得富有情趣；桃树，绽放出了花蕊，粉得动人，红得富有画意；天空，青得耀眼，蓝得富有诗意。当春天不再蓬勃，夏天不再热烈，意境丰满的秋天，在一场蒙蒙细雨中缓缓走来。聆听秋蝉低吟浅唱，慢品秋虫轻轻呢喃，赏黄叶飞舞之淡泊，品落叶知秋之韵味。成熟而美丽的秋意，像流淌的诗篇，悠扬而文静，洒脱而飘逸。细雨如丝，净化着心灵的尘埃。薄雾的缠绵，一如天空浮云，仿佛与季节道别。回眸金黄的果实，品味瓜果飘香，一分辛苦一分收获的味道，诠释着一个沉甸甸的永恒。

对生活的品味，需要修为，需要境界。境界不同，对生活的品味也有不同。涉世之初，纯洁无瑕，一切都是本真，随着年龄的增长，经历世事渐多，红尘的诱惑与虚伪面具背后的隐藏，如雾里看花，似真似幻，似真似假。待到洞察世事之后，一切又返璞归真。正如佛家的三种境界："参禅之初，看山是山，看水是水；禅有所悟，看山不是山，看水不是水；禅中彻悟，看山仍是山，看水仍是水。"因为经过，所以淡漠。最后参悟的山水与当初所悟的山水，着实厚重了不少。这种生活味道，恐怕只有参悟者，才能品味出来。王国维在《人间词话》里，将晏殊《蝶恋花》中"昨夜西风凋碧树，独上高楼，望尽天涯路"、柳永《蝶恋花》中的"衣带渐宽终不悔，为伊消得人憔悴"、辛弃疾《青玉案·元夕》中的"众里寻他千百度，蓦然回首，那人却在灯火阑珊处"视为人生的三种境界，道出了人生混沌迷茫、不知前路在何方；上下求索，历尽磨难，始见曙光；豁然开朗，原以为远在天边的钥匙就近在眼前。这迷惘、求索、顿悟三个过程，细细品味，与佛家三重境界有异曲同工之妙。

境界与人的经历和修为有关。城市有城市的味道，农村有农村的味道，不同职业有不同职业的味道。生活永远在叹号和问号之间，是该先叹号还是问号，越来越难找到答案，再过一些时光，也许那些味道，本身就是答案。

生活需要慢品才有味道。古印第安人有句谚语："别走得太快，等一等你的灵魂。"《道德经》说："治大国，如烹小鲜。"生活如一杯茶，只有慢品，才可品出韵味。生活亦如一段幽美的风景，只有放慢脚步，才可欣赏到它的美。生活要放慢，慢得像一朵花开的样子，缓缓地开放。慢品生活，才可以读懂自己。慢品生活，方知人间滋味。慢品生活，才可以离大道越来越近。

苏轼曾感叹："雪沫乳花浮午盏，蓼茸蒿笋试春盘。人间有味是清欢。"是啊，生活，需要慢慢品味，才能更有味！

2017 年 10 月

蝉辨人声

　　秋天在漫不经心的细雨里悄然降临，渐次低调的蝉鸣随一丝薄凉袭上心头。绵绵秋雨里，颤若游丝的蝉音，仿佛一种冰冷，一种悲悯，一如凡尘生灵的挣扎，一如俗世情缘的别离。

　　"日夕凉风至，闻蝉但益悲"，也许只是一种文人情结。对于蝉并没有如此这般的忧虑。蝉的生活其实非常简单，不存在人类那样的思维，也不会将欲望无限扩张。尽管风餐露宿，依然欢声笑语。蝉的语言也不复杂，只有三种声音表达，一种是集合的欢唱，一种是交配前的求偶，一种是惊慌的逃生。

　　如果用人类独有的思维定义，蝉生着实不易。蝉的一生要经过卵、幼虫和成虫三个时期。卵产在树上，幼虫生活在地下，成虫又重新回到树上。蝉在交配之后就完成了自己的使命，雄蝉很快死去，雌蝉开始产卵，它用尖尖的产卵器在树枝上刺出小孔，将卵产在小孔里，然后不吃不喝，等待死亡。蝉卵在树枝的洞穴里越冬，第二年夏天，借助阳光的温度孵出幼虫，幼虫靠秋风吹落地面，然后，寻找柔软的土壤往下钻，钻到树根边，靠吸食树根的汁液度日，少则三五年，多则十几年方能破壳而出。

蝉从幼虫到成虫要经过五次蜕变，其中四次在地下，最后一次在地面进行。蝉凭借蛰伏地下积攒的能量钻出地面，之后，靠生存本能，背负沉重的壳，找到一棵树向上攀爬。蜕壳一般选择黑夜或阴雨天，这样不仅可以借助潮湿软化躯体，而且能够躲避包括人类在内的伤害。当躯壳出现一条黑色的裂缝，那便是上帝打开的一扇窗，它会抓住瞬间的光亮从中爬出，牢牢地挂在树上，慢慢展开柔软的双翼，再慢慢让双翼变硬，最后，展翅飞向自由的天空。

　　蝉的一生几乎是在地下度过，需要忍耐泥土之下长久黑暗而潮湿的时光方可换来一季光明。可悲的是，蝉在阳光下的生活只有短短两个月时间，最多不超过七十天。然而，蝉却没有顾及这些，也许是没有时间顾及，也许是来不及顾及。蝉一旦钻出地面，跃上枝头，就在它的宿命里，坚持着自然赋予它的生命意义，为生命而歌，也为一场惊天动地的爱恋而歌。歌唱是雄性的专利，雄蝉用其绝妙的语音把雌蝉从远方喊回身边，雌性不会发声，但它能够聆听，通过悦耳的歌声赢得自己的爱情。蝉没有辜负大自然的恩赐，当盛夏来临，当结束漫长的暗无天日，有了阳光，当脱去沉重的壳，长出一双翅膀，它们就顾不得庸俗，顾不得体面，顾不得惊扰别人，将大自然赐予的点滴快乐无限放大，用其传统的音色歌尽人间柔情，以美妙的琴弦弹奏曼妙的青春序曲！

　　盛夏是蝉的节日。它们欢叫的声音，那样高亢，那样铿锵有力，那样不顾一切。在夏日的蝉声里，我们似乎听不到抱怨，听不到过往的颠沛流离，听不到悄随其后的生命终结。能听到的是一种生命的孕育，是一种善良的真，一种和谐的美，一种生命极致的艳。听到的是一种精神，一种取之不竭的力量，一种胆量与野性的强悍。

当秋风渐起，秋雨淅淅沥沥，秋蝉嘶哑而颤抖的声音一起一落，宛若枯黄干脆的落叶怅然若失于风雨之中。我知道，这是蝉的末日。在这个季节，萃取蝉音，轻捻于掌、于心，会情不自禁感到人生的苍凉，同时，也会感到另一种生命不息的姿态，以善意的明朗，燃烧着简单而朴素的壮美。在这个季节，聆听秋蝉，感悟更多的是长久黑暗里挣扎的顽强，是短暂光明里抗争的悲壮，是对生命意义的拷问。

蝉在中国古代象征着复活与永生，寓意它从卵到幼虫到蛹到成虫直至金蝉脱壳浴火重生的过程。佛家将"蝉"引为"禅"，应该是将它在黑暗岁月中的等待与坚持，视作人生必不可少的修炼与参悟吧！"蝉噪林愈静，鸟鸣山更幽。"聆听秋蝉，仿若倾听一场生命落幕的惊呼与回响。谛听蝉音，目下几若净土，心中飘逸如轻云。静心细思，枝头之上的蝉音，其实源于地下深层。我们需要谦卑俯首方能听懂！

品茶与钓鱼

生活中，最让我佩服的就是喝茶与垂钓这两件事情了，一个是静静地品味，一个是静静地等待。

我是不懂茶的，当看到悠然品茶的样子便心生羡慕。品茶的过程十分让人玩味。先将水烧开，把煮沸了的水注入已放了茶叶的壶，连同整个茶壶一并浇透，将茶水全部倒掉，这就是传说中的洗茶。茶洗过后，再将茶壶重新加满，然后，把玩一般提起壶，对准早已摆放整齐的茶碗，清澄的茶水顺着壶嘴细流般注入。茶碗比酒盅略大一些，画有各种图案，细腻而精致。品茶者用手托起，送到唇边，眯起眼睛，用鼻轻轻地嗅，慢慢抿上一小口，口中停留少许，嘴啧一下，细细地咽下……此时，无论懂与不懂，无论是否能品都不重要，单是那一种仪式，就让人大开眼界。

垂钓是我不愿的，死死地蹲在一个地方，有时一天，有时几天几夜，无论是否有鱼，总是一声不吭地守着，眼睛盯着河中漂，静观其变。饿了吃一点干粮，困了在帐篷里小睡片刻，只要听得河中动静，便一跃而起，顺手起钓。若有大鱼上钩，便收紧鱼线，来回不停地遛，直遛得鱼儿筋疲力尽，打捞上岸。那时的感觉，肯定是他人无法体味和拥有的一种独特美感！

我不善茶，自觉太过悠闲，且以为夸张且矫揉造作；我不善钓，自觉心机过重，窃以为生命与生命之间的博弈，于心不忍。这些对品茶与垂钓的悖论，也许是对自己不懂茶道、缺乏钓者那样的毅力，未悟得其中禅意与禅机的一种辩解理由。其实，内心深处，不仅心有慕茶之意，而且还有羡鱼之情。

喜欢喝茶的人是有品位的人，他们能在一杯茶里静观人生沉浮、世态炎凉；喜欢垂钓的人是很睿智的人，他们能在淡泊中笑看江湖风云、伺机而动。他们都是生活的哲人与智者，都是有大学问的人。喝茶重在品，品字三口，一口闻其香，二口试其温，三口尝其味。只有品，才能品出韵味，品出意境，品出陆羽的"细啜襟灵爽，微吟齿颊香"。而钓鱼重在等，等是一种修炼，也是一种参悟，只有耐得住寂寞的等待，才有收获的机会。

品茶和垂钓都是需要心境的。心淡如水时，茶味必然妙；恬淡宁静处，守一片青山绿水，手持三尺竹竿，心如清风明月。松月下、花鸟间、青白石、绿藓苍苔、竹林船头、陋室蜗居，这样清静幽雅中品茶以取色香，怎可单一个"品"字了得。"一篙一橹一叶舟，一丈长竿一寸钩，一拍一呼复一笑，一人独占一江秋"是垂钓的境界，"儿童相问遥招手，只恐鱼惊不应人"是何等有趣，"孤舟蓑笠翁，独钓寒江雪"又是何等高雅。

我也是喝茶的，只是仅为解身体之需、渴了就喝的那种。举止粗俗，毫无思绪，一饮而尽。虽少了品味，但对茶的品质也留有印象。记得那年，我参加省里在鸡公山举办的一个学习班，东道主为表心意，让交30元送了半斤简装的信阳毛尖。回家享用，其状细嫩均匀竖立，其色清澈金黄，其味清爽幽香，呷上一口，光滑绵柔，回味深长。多年之后，又到宜兴一家茶厂办事，他们送上素茶一杯，我再一次感到了似曾有过的厚重。因为不懂，也不敢多问，带着几分不舍，走了，别了，不知名字，有的只是一种对茶的记忆。

至于垂钓，我未曾尝试。一年，邻居外出钓鱼，邀我同往。给了一根鱼竿，帮我下了鱼饵，我守在一根单调的竿前，呆呆地看着水面，半天不见动静，实在煎熬不过，只得先行离开。后来，他多次送我鱼吃，并给我讲了鱼饵的制作以及天气、风向对不同鱼类垂钓位置选择的影响等许多钓鱼知识，试图拉我入伙，但我终究没得此道，因此，至今我仍无缘于垂钓之乐。

不善品茶与垂钓，大概与我的性格与修为有关。心无泰定，难得其境。我虽无品茶境界，却喜欢那份雅致。如果焚一炷香，奏一曲舒缓的古筝，捧起古典而艺术的茶盏，随心所欲地闲聊，在这样如画的场景里，坐下喝一杯茶，我以为，那才是真正的奢侈人生！我虽不喜钓，但钦佩那种沉着与坚定，更企望拥有渔者心中的一片江湖，无论是丛林深处的小溪大江，还是远离喧嚣的一亩方塘。

就其本质而言，品茶与垂钓，都是人们对自然的理解和发现，亦是生存最原始的劳作方式。茶只是一片树叶，钓只是一种运动。因此，无论品茶或垂钓，别太刻意，别太强求，顺其自然最好。"茶不求精而壶亦不燥"，喝茶不求昂贵，不求非得名茶，只要壶里一直不干就行。垂钓同样，别太认真，一如姜太公钓鱼，愿者上钩！

2018 年 9 月

看望外甥

　　火车缓慢爬行的速度是最能考验人在旅途中的忍受力的。对于生活来说，这种忍受是为了达到目标。其实人生目标很多，会不时地接踵而至，目标无论大小，都是人生最为现实且时刻挑逗欲望神经并让人愿意为之付出艰辛的指引。

　　为了看望外甥，我再一次待在一平方米多一点的空间，横卧十几个小时。其中，只能在狭小的空间走动，喝水、进食。这对于那些经受过痛苦经历的人来说算不了什么，但对于像我这样年纪的人却是极尽了力的，我知道，这是亲情的鼓舞，也是缘于心中的期许！

　　外甥是个商人，时间不属于他。因此，我在两次到达这个城市时都没有打扰他，不是见外，而是理解他的忙。这次，却是他在被繁忙带来病痛之后，我才千里迢迢赶来，见面的目的，就是想向他郑重而严肃地提出一些他平时忽视了的也可能是并不在意的东西，譬如健康。

　　在狭窄的硬卧车厢里，在漫长的等待中，我不时想象着即将相见的情景。如果氛围允许，我会情不自禁地放下作为长辈的矜持和尊严，张开双臂去拥抱他，给他传递一种坚定的力量信息，给予他精神安慰。他定会出现激动不已的模样，因为，当他得知我要去看望他时，已经在电话里表现出了惊喜，那是一种特别且与平常不同的兴奋。

他懂得我到此的特殊含义，因为我是在得知他患病时才匆匆赶来的。其实，他每年都会抽空回老家探望，春节前，我们还在老家见过面，问及他身体时，他还胸有成竹地向我展示着他的健壮。

我与他虽是舅甥，但仅长他八岁，从小一起玩耍，关系相当要好，我很在意他，他也看重我，长大之后，彼此依然关心有加。过往的艰辛成了百谈不厌的话题，每次饮酒，他总在微醺中不厌其烦地谈起我们一起干农活的故事，最经典莫过于我们一起拉车翻下山坡被架子车压在车下的情景，每谈到此，既心酸感慨，又感念亲情。我兄姐四个，大姐家穷，孩子小，劳力少，每当农忙，母亲就会带着我们去大姐家帮忙，这本是应当的亲情帮助，但他总是念念不忘。他就是这样的人，天生善良，仁义礼信，浸染于心。

他在农村长大，贫困让他害怕，跳出龙门走向富裕的目标就像一粒种子，自小就植入心灵的沃土，渐渐生根、发芽、开花、结果。他十六岁离开家乡开始人生征程的苦旅，从参军入伍到复员地方，从单位工作到下海经商，在拼搏的道路上，走出了人生的精彩与辉煌！

他的成功来自他为人真诚的处世之道，记得在他商海初露峥嵘时，我问他："只身在外，人心不古，怎可占商场一地？"他的回答让我颇有感触："别忘记他人的帮助，要学会感恩，在利益面前要学会放弃！唯利是图就会淡出他人的世界，当你走进了他人的世界时，前边的路将是金碧辉煌！"

他是一个见庙烧香、见贫施舍的人，对待乡邻礼节周全，对待朋友忠心赤胆，对待兄弟姐妹尽职尽责，对于妻子儿女穷尽所有，对待父母穷尽孝道。记得那年，他母亲突然得了重病，当时他手头并不富裕，为了救治母亲，减轻母亲的病痛，加快术后身体的恢复，他专门花重金从国外进口一台机器进行手术。他是一个很有责任心的人，内心装满了别人，唯独没有自己。他将自己绑在了追求梦想的战车上，勇往直前！

茫茫沧海扬起的风帆，如果少了港湾的停靠，就会有被风浪倾覆的风险，他就是在工作中不知不觉晕倒了……

漫长的时间穿越了遥远的路程，我们终于在千里之外的异地他乡相见了！当我站在他的住宅小区大门口时，他已经拖着病体疾步上来迎接了，我们彼此没有说话，而是飞快走向对方，我们半拥着对方的身体，我仔细看着他，试图发现他的变化从而判断他病情的程度，他热切地端详着我，试图掩盖着他复杂的心情，只是用力地握着我的手。良久，他才说了一句话："没有想到，我们会是在这种情况下在此见面的！"

我懂得他话里的意思，那是带着特有的遗憾，他本想在一切亦如平常那样不带一点负担地相见，那样，他会和我一起尽情地放肆一把，或游玩，或痛饮，或疯狂。但在此时，那些在平素随意的欢快却变得如此不合时宜。

"我是来和你一起聊天散步的！"我轻声说。

"好！多住几天！好好聊聊！"他露出欢愉之色。

我在离他很近的宾馆小住了七天，除正常治疗外，我们都一起聊天和散步，谈得很多，我主要阐述了人与自然的关系，他很聪明，什么都懂。在回程的火车上，我给他发了一条嘱咐他的短信：

万物皆自然。人从自然来，定为自然物。因此，应循乎自然。日出而作，暮而息，饿而食，渴而饮，力而行，疲而歇。道家有云："人法地，地法天，天法道，道法自然。"就是这个道理，道就是元气。儒家也云："四时行焉，百物生焉，天何言哉？"老子的无为而治，周易之阴阳五行，佛家之生死轮回，无一不是自然之说。我们是自然一粒，所以，应当遵循自然，敬畏自然，放下心态，端正态度，顺乎自然！

　　暂时的困难并不可怕，比如疾病。我们遇到的病痛挫折，是以特殊方式在善意提示我们已经偏离了自然的轨道，是提示我们的所作所为已经不适合或者严重影响了身体的正常运行，并告诉我们应当回归自然。只要我们能够反省自我，敢于扬弃过往，敢于放下，将自己置于自然之中，那么一切痛苦和折磨都是暂时的。

　　同样，疾病是超乎自然的一种自然，那是我们的身体承受了难以承受的负担。所以，我们要在自然之中选择放下沉重的东西，轻松上阵，拥抱新的生活！

　　放下是一个艰难的选择，需要勇气和毅力，同时，也是一个漫长的过程，走过了艰难的过程，就会看到光明的未来！

　　祈愿你早日康复！我们一起在自然之中享受自然的多味生活！

　　他在手机那头，也给我回了一条短信：

　　懂得的，慢慢努力融入吧！

2016 年 4 月 20 日

活　着

　　活着不易！这是人活过之后的感叹。人，从生到死都是一场孤独的行走。这也许就是诸多宗教文化总结人生需要修行的理由。

　　但凡生活者，都会对活着进行一番别有滋味的倾诉，意味深长的反思与追问，甚至专注于对活着意义的探索。仁者见仁，智者见智，林林总总，各有见地。然，就生活的不易与苦难，就一个个体的经历和面对的苦难而言，没有比余华先生笔下的徐富贵更有代表性了。

　　我读余华先生的《活着》，是被一个叫富贵的农夫和一头叫富贵的老牛一起耕田时的对话，不，应当说是徐富贵的自言自语，或者是独说独念吸引住的。那样不紧不慢充满善意的轻言细语，在那样温馨和谐的场景里，显得是那样的平淡而动人。很难想象，那样诙谐风趣的独白，是出自一位经历了大灾大难的人对着一个不能讲话的老牛的闲聊，是出自一位失去所有至亲的孤寡老人对脚下土地的念白！

　　最后压垮一头骆驼的往往只是一根稻草。每个人的生活，都有太多他人无法想象的心酸，但他们早已习惯将情绪调为静音，从不在人前哭诉，当所有委屈累积在一起，瞬间涌上心头，控制不住，情绪才会陡然失控而发泄出来，这是人的本能反应。徐富贵从一个衣食无忧的富家子，经过花天酒地吃喝嫖赌抽的堕落将家产败尽，经过被抓壮丁后参加血雨腥风的战火，经过他爹、儿子、女儿、妻子、女婿、外孙一个又一个亲人的死亡过程。应当说，在经历了一波又一波苦难之后的徐富贵，是最能体味人生不易的。有些人，可能会被这样的生活击倒击垮，有些人可能像祥林嫂一样喋喋不休地倾诉，去博得毫无价值的同情。然而，徐富贵选择了沉默，选择了默认，选择了面对，选择了继续活着，展现在我们面前的徐富贵，是那样的乐观。这，也许是对生活麻木之后的隐忍，也许是修行了人生之后的觉悟，也许是在饱经沧桑之后，最豁达的人生态度！

　　人生是一个不得已的消解过程。活着是不得不活着，死去也是不得不死去，这是生死的无奈。人和土地上生长的庄稼一样，一代一代，一茬一茬，从土地里长出来，经历风霜雨露之后，又化为一片尘土，归于土地。活着是沉重的，比死去更沉重，因为，人总是在活着的世界死去。那么，既然来了，就一定要活下去，既然要活下去，就一定要好好地活下去。活着就要有精神地活着，死去要自然而安然地死去，这才是对生活应当具有的坦然和勇气，是生命对于自然应当具有的态度。

　　人与这个世界所有的生命一样，都是大自然的杰作。每一个人降生到这个世界，自然会按照固有的物竞天择、适者生存的法则，让你经历很多困境甚至灾难，让你遭受难以忍受的苦痛和折磨，直到让你能够放下，且以坚韧的毅力，学会如何与这个世界妥协，学会如何在这个世界立足。这是自然界对所有生命的磨砺，是人类必然的修行过程。

应当说，人的降生是幸运的。说幸运，那是因为经过了多少万千世界轮回的机缘巧合的交织，才在浩瀚的宇宙里，独一无二地孕育了你的诞生。在此过程，任何一个细微变化，都足以抹杀你来到这个世界的可能。幸运的是，你经过层层选拔，脱胎成人，成为这个世界独一无二的存在，且可以尽情体味大自然的季节变换与冷暖，感知宇宙的浩瀚与日月星辰的奇妙，目睹大地之上万物的千姿百态，顿悟人间丰富多彩的丝丝情感。这个真实的世界，无论美好与否，你都是一个幸运的亲历者。

我以为，人生的意义在于对人生的体味，如果夹杂生存过程的磨难，沉淀几份悲哀，就会在一场又一场变故中，发出最深刻、最有哲思的感叹，感受到活着坦然享受人生的那份幸运。所以，我总认为自己是幸运而且是幸福的，尽管人生经历坎坎坷坷，一路走来遍体鳞伤，而我在与这个世界的磨合中，学会了不断妥协，不断另辟蹊径，不断寻找自己的人生价值，并在为自己在努力中取得的小小成就而不断感到满足。死亡是大自然赋予所有生命的结局，而活着是所有生命不得不经历的过程。生命不在于生死，而在于生死之间这个或精彩或黯然的过程。

活着是美好的，除了在痛苦之后体味人生的价值之外，还有普通生命过程的那份素淡的甜美。即便是生活悲摧的徐富贵也一样，除了苦难，还有相濡以沫的妻子、一双乖巧的儿女、女婿和外孙，以及那头陪伴着他的老牛……这些，也是他生活的幸福与快乐！

活着之所以美好幸福，是因为只有活着才能体现生命的价值，才能阅尽人间春色，感受夏天火热，饱尝秋之收获，体验冬之纯洁。只有活着，才能感受人间亲情与大爱，即便遇到困难与艰辛，也可体味人的坚韧不拔和顽强，才能感受人区别于其他生命的智慧和自我营造的人生意义。

希　望

　　每当"希望"进入视野，便忆起鲁迅先生《故乡》里的一段话："希望是本无所谓有，无所谓无的。这正如地上的路，其实地上本没有路，走的人多了，也便成了路。"先生的话，除了富有哲思和艺术之美外，还有的，就是唤醒人们对未来的希望，并对希望付诸共同的努力。

　　先生是我敬佩的，除了文学造诣，还有人格魅力。希望解读者甚众，唯有先生独到。人生总是在无限中追寻着希望，而希望之路就在脚下，这就是先生对希望的诠释。希望之于生命是本能，只要有生命存在，就有希望之火。希望是生命的支撑，是活着的支柱，飞蛾扑火虽然不是智者的选择，但也是生命对希望的渴求，正如漆黑的夜晚，只要有一丝微弱的光亮，也许，这一丝微弱的光亮，就指明了前行的方向。

　　然而，希望总是与失望相伴而行，人生中，一个希望破灭之后，总会有一个新的希望重新燃起。希望会在痛苦与幸福、黑暗与光明、希望和失望转换中蜕变。希望与时代相关，无所谓有无的希望，也许只是先生的无奈，但"即便是分外地寂寞，即便是没有爱憎，没有哀乐，也没有颜色和声音……即便是故意地填以没奈何的自欺的希望，也要用这希望的盾，抗拒那空虚中的暗夜的袭来……"这就是先生以肉搏暗夜的勇气谱写出的一曲充满希望的《希望》之歌。

《希望哲学》中说："希望总是想把尚未变成现实的东西转化为现实的东西，不是那种只想而不见诸行动的空想。希望使人不满足于和不屈从于当前的现实，实现超越现实，即超越有限、挑战自我、不断创新的人生意义。"所以，希望之路是走出来的，是实践出来的，是探索得来的。固守现实、不敢越现实之雷池一步的人，是不可能有任何突破的。只要有了希望，确定了目标，而又付诸行动，就会达到目标，实现理想。

希望是生命意义的归属，是一种精神，是人性赋予心灵的美好。其实，人生就是在追求希望的过程中谱写出生命乐章，每个人的生命乐章里，都承载着时光中患得患失的希望与失望，无论希望还是失望都是人生乐章中无法抹去的音符。希望是失败者对成功的渴求，是死对生的企盼，是寒冬对春的向往，是优美动听的歌，是奇丽无比的诗，是令人神往的意境，是朝露、晚霞、阳光……但丁说：希望是对未来光荣的预期，希望是未来的荣耀，是金色的梦想。

值此春天，希望在几场春雪之后，终于鼓着含苞怒放的心事，再一次悄悄地爬上枝头。人们也在寒冬的休眠中醒来，大自然的所有生物，也在蛰伏之后跳出地面，并在一片暖阳之下绽放风采，这是大自然的再生季节，也是大自然所有生命放飞梦想的伟大节日。希望是自然的，所有生命存在的地方，希望无时不有，为希望而搏者无处不在。正如先生所言："希望是附丽于存在的，有存在，便有希望，有希望，便是光明。"

　　春天之美，无可挑剔，但春天只是自然之美的冰山一角，除了春天之美，还有生长火热的夏天，还有层林尽染之后收获的秋天，还有千里冰封、银装素裹、蛰伏典藏的冬季！冬天来了，春天还会远吗？这是人们对美好的希望，其实，春天只是冬天的希望，而春天的希望却是硕果累累的金秋！

外婆记忆

晚上想到外婆，就再也不能入睡。儿时的记忆，像电影般一幕幕在脑海浮现。外婆去世至今已有五十余年，而在此时，外婆的身影和音容笑貌却是那样清晰地复活，重现在我眼前。她依然是那样温和，不发脾气，那么细声柔语和慈爱安详，永远宽容着发生在她身边的人和事，不发一语。

我是家中的老小，打我记事起，外婆已是一位小脚老人。她身体瘦小，稍有驼背，走路佝偻着腰，身体略显前倾，步子不大，但每走一步，都需要认真看路，所以，她总是低着头，很小心的样子。我母亲七岁，我外爷就死了，什么原因我没有问，也没人告诉我，可能是大人不愿提起的意外，也可能是生病去世。在我的记忆里，外婆就是独自一人过活的，且只有我母亲一个亲人。外爷吕姓，住白元老十字街向南不远处的一个大院里。门很大，是能过大车的，但我没有见过院子里有车，也没有见过任何车辆出入，经常开的只有一个小门。院子里还住着大婆和小婆，母亲称呼她们大娘和二婶。三个老人都是本家，她们都没有丈夫。大婆无儿无女，住在大门过道的一间小屋里，没有床，总躺在杂草铺垫的地面上，我母亲回娘家总不忘带东西瞧她。二婶虽然没了丈夫，但有个儿子，这便使她在这里站住了脚跟，大婆和我外婆也因此要看她的脸色，平时说话办事也总是小心翼翼的。即便我母亲每次回来都带礼品给二婶，但外婆和我们说话依然是将声音放得很低，好像在说悄悄话。不过，我和母亲每次去看外婆，大婆自不必说，二婶也是笑嘻嘻地打招呼。无论二婶多么热情，但从大婆和外婆的轻言细语中，看得出她们平常生活的境遇。而我却不管这些，只要到外婆家吃得好就心满意足了。

现在想来，外婆家不会有住大车门宅院的家境，三个孤寡老人集中在这个大院内，可能是新中国成立后政府对五保户的照顾——分配她们居住的。外婆住一间狭窄房屋，一张床，一张桌子，一个烧火做饭的灶台，一口锅，一个木勺，一个盛面的瓦罐，一个不大的水缸。没有凳子，我们就坐在床沿上说话。对于那个木勺记忆很深刻，由于木勺太木太厚，锅里的饭总舀不净，就要用铲锅刀去铲，将铲下来的剩饭连同锅巴送入嘴里，那种滋味别提有多么香。烧火的柴火需要平时捡拾，吃水需要到大街上的水井去挑或提，这些生活所需的柴米油盐从哪里来，我不知道，我也没有替她们做过任何事情，但每次到外婆家，我总是要这要那，她们也总能满足我吃饱的需求。

现在想来，外婆一定是很坚强且很能干的，否则，一个足不出户的小脚女人，怎能独自将一个未满七岁的女儿抚养成人呢！母亲说，小时候，和外婆一起以卖豆芽为生。我想正是由于外婆和母亲的相依为命，才锻炼了她们对生活不屈不挠的毅力和勇气。外婆之所以能够一直独立生活，与她宽厚、隐忍、坚强、平和的生活态度不无关系。不过，外婆还是在她日复一日的变老中，被母亲接到了我家。

我家有两位老人，奶奶和外婆。奶奶也很苦，爷爷死得也早，但奶奶有三个儿子一个姑娘，我记事时，姑姑叔叔也都成家，无论平时还是过节，全家人总围着，她也算享了儿孙满堂的天伦之乐。比起奶奶，外婆就有点可怜了。奶奶脾气差，虽不骂我，但经常大声说话就让我有点害怕，所以，我总是和外婆一起，经常和外婆睡。外婆始终轻声细语，可能是害怕招惹是非的习惯，也可能是住女儿家不大硬气的隐忍。外婆总给我讲故事，尽管故事不多，往往重复，但我不厌其烦。记得最清楚的，就是我总用我的小手指，轻轻捏住她胳膊上松弛的皮肤向上提拉，那皱成层叠的皮肤会被我扯得很高，一遍又一遍地扯。我问外婆，你的皮肤为什么能扯这么高？她笑着说：我老了，身体已经没了油水，等枯竭了就要死去。我虽然不懂，也不知道死是什么，只管不停地扯着她的皮肤玩，但我总是轻轻地扯，好像在研究皮肤松紧隐藏着怎样的生命秘密！

在我的记忆里，外婆的身体很好，从来没有生过病，从来没有吃过药。有几次看到她额头有拔火罐的印记，这可能就是她治疗感冒的唯一证据。外婆八十二岁那年的一天晚上，母亲突然告诉父亲说，外婆有点异样，没有什么精神，端去的饭也不吃，话也不说，问话也不答，怕是病了。父亲赶紧叫来大夫，大夫看了说：老了，你们准备后事吧！听了这话，母亲先是有点慌乱，但没有哭泣，迅疾镇定下来，马上和父亲商量，并请人做了简易的担架，连夜将外婆抬回她自己的家。我们也都跟着，到了那间狭小的房间，外婆的眼睛在仔细环顾了相伴多年屋子里的各个角落之后，又打量着周围的每一位亲人，然后拉着我母亲的手闭上了眼睛。老人走得很安详，母亲的哭声却是惨烈的，我的哥哥姐姐也都哭个不停，我小，不知死活的意义，没有哭，只是看着外婆静静地睡。

在之后的很多年里，我都和母亲一起去给外婆外爷上坟。这样有好些年，母亲说，自己也是要老的，也会死去，让我们这些外姓人给外婆上坟总不是长久之计。为了解决这个问题，她找到娘家的近门认了亲，外婆上坟的后事托付了本家，外爷外婆的坟上算是有了香火。

一九八八年，母亲和父亲与相认的本家舅舅一起给外爷外婆刻了碑，我父亲和村里识文断字的老者撰写了碑文："公讳双锁生于一八八六年七月十六日，世属伊川白元村，平生以耕为生，忠厚正直，勤劳俭朴。公淑配仝儒人生女名冻娃，一家三口和睦相处，安贫乐道。公四十有二，正当中年，九月初四不幸病故。时女仅七，微利取蝇利，母女苦相依。及女长十七配谢庄谢氏玉俊，琴瑟和乐延母供养，颐养天年。先母生于一八八六年五月十八，福寿八十二于九月初八欣然而终。今逢盛世，适值清明，为追念父母抚养之宏恩，特树碑以纪念之尔。"寥寥数语，写尽人生。

外爷和外婆是普通人，他们唯一的女儿——我的母亲也是普通人，外婆外爷在这个世界上，没有留下丰厚的财产，除了我们身上的遗传基因外，其他一无所有，而我对外婆的记忆也会随着时间的推移和我一起被这个世界抹去得干干净净。但他们和多少普通人一样确实来过这个世界且历经了一个艰辛的过程，一如一介草木，发芽、生长、枯萎……

2021 年 6 月 28 日

平凡世界的丰碑

——读路遥《平凡的世界》

　　细蒙蒙的雨丝夹杂着一星半点的雪花落在黄土高原的土地上，当一个衣不蔽体、营养不良、缩着脖子的青年，踏着泥泞在已经散去了的饭场，像窃贼似的将最后剩下的两个黑窝窝悄悄取走并趁机舀了锅里剩下的菜汤快步离开的时候，这部史诗般的长篇小说《平凡的世界》，便拉开了序幕。

　　这是一个艰难的时代，只有经历了那个时代的人，才能真正体味到那个时代真实存在的生活场景。

　　大自然每天的日出日落和永无休止的四季变换，缔造了所有生物的延续，构成了大自然生命进程的无限壮美。《平凡的世界》描写了一个平凡人饥寒交迫生活经历的劳动与爱情、挫折与追求、痛苦与欢乐。这个平凡的世界再一次告诉我们：劳动创造了人类，人类创造了历史。

一、劳动是最体面的人生

　　恩格斯指出：劳动"是整个人类生活的第一个基本条件，而且达到这样的程度，以致我们在某种意义上不得不说：劳动创造了人本身"。

路遥先生出生在贫困的农村，深知农民生活的疾苦，他懂得劳动与人生的意义。他崇尚劳动，期望劳动的收获，并通过自己一生的劳动付出，践行着自己对劳动的信仰，并换得社会的尊重。

在《平凡的世界》里，我们感受到了劳动的魅力，它既是一种力量，又是一种寄托，更是人生的价值追求。平凡世界的平凡者，通过自身的平凡劳动，获得了自己的精彩人生。他们通过劳动获得的自身价值告诉我们：劳动是最体面的生活方式，只有劳动才能体现出人生的最大价值，获得最能让人感受到的尊严。

孙少安是平凡世界里劳动者的代表，在贫瘠的土地上，他忍饥挨饿挣工分，风餐露宿拉砖挣钱，带领群众搞单干，烧砖窑，搞承包，捐资建校。他以自己的勤劳、坚韧和顽强，一步一步走向富裕，为劳动树起一座丰碑。孙少平亦是如此，读书虽然给了他精神层面的给养，使他的思想发生了质的变化，似乎比物质层面高了一些。但这种朴素的精神飞跃，依然没有脱离劳动者的本色，而这种代表了经过"文革"那种文化欠缺而又对文化渴求并为之努力付出的青年人的精神境界，反而增加了他努力奋起的力量，让那种精神寄托于劳动之上，赢得了周围人的钦佩和尊重。

劳动是人生的需要，只有劳动，才能满足与生俱来的欲望，而丰富的精神需求也会产生对劳动的渴望，这就是劳动的魅力。《平凡的世界》里的人，无论什么行业，什么岗位，上至高层的田福军，下至底层的孙少安，还有孙少平、孙兰香、田晓霞，无一不是通过他们自身的劳动证明自身的价值。他们在物质和精神上的获得，就是劳动给予他们的奖赏。

二、人类应当给善良一个归宿

平凡的世界里，注定有一些平凡的人。平凡的人，注定少了惊天伟业。但在那些最平常最普通中显现出来的平凡人的善良和纯朴，总是让人最受感动。孙少平是善良的，这种善良根植于厚重的土地，生长在传统的家庭。孙少平之所以受到追捧，就是因为他对平凡世界的平凡人抱有一种宽容的态度。当侯玉英说出他和郝红梅的事情让他当众难堪的时候，他没有记恨；当郝红梅离他而去的时候，他没有怨言；当侯玉英将被洪水冲走的时候，他毫不犹豫奋不顾身地救了她；当郝红梅偷窃被抓住的时候，他放下恩怨，保留了她一生的清白。这发自内心以德报怨的行为，除了对人性的弱点本身给予宽容外，更多的是他骨子里的善良。

佛教讲究的是福报，而人类的善良也应当得到福报，只有给善良一个归宿，才能体现社会的公正。《平凡的世界》突破人性善恶的僵硬框架，毫无偏见、一视同仁地对待平凡人，赋予他们美好的生命特征，发掘他们内心的善良，合情合理地让他们获得幸福，这是伦理道德的文化传承，也是人类给予善良的一个归宿。

孙少平的善良，使他得到和他一样善良人的帮助，才有了曹书记给予的人生机遇，才有了侯玉英的爱恋，才有了田晓霞的纯美爱情。孙少安是善良的，他的善良使他在他拥有的物质层面上得到了满足。田福军是善良的，他实事求是一心为民的领导风格，得到了社会的承认，受到上层的器重，这也是善良给予他的回应。孙玉厚是善良的，他温暖的家庭里，除了孙少平、孙少安之外，上帝还给予了他一个孙兰香。孙兰香是善良的，善良给予了她最美好的前程。艰难困苦，玉汝于成。贫穷和灾难并不一定会令人潦倒，反而磨炼人的意志，振奋人的精神，干出一番大事。十三岁的兰香并不是主要人物，但她身上的光彩不亚于主人公。兰香是个穷人家的女孩，她的懂事和付出令人联想到善良、纯洁和坚贞，她默默地做事，给孙家这个贫穷而困苦的家庭带来了惊喜，这份惊喜，正是对孙玉厚一家善良的奖赏。

三、关于爱情

爱情是人类世界永恒的主题。

孙少安与田润叶的爱情是那个时代的必然结局，即便是经济发展到现在这样相当繁荣的程度，依然有门当户对的传统观念。不必为此叹息，所有希望他们出双入对的只是人类善良的一厢情愿。孙少安拒绝田润叶，就像田润叶最后回到失去双腿的丈夫面前一样，以自我牺牲托起了伦理道德的至高无上。至于现实生活里，他们自己的感受如何，也只有问问他们自己，但只要他们心存记忆，便是一份美好。

自然滋生的欲望是一个未知的世界，可能是鲜花，也可能笼罩着雾霾。因此，人生需要一些隐忍，需要一些自我欺骗的满足！

孙少平和郝红梅由于同属社会底层，因而产生相互怜惜的感情是自然的，他们需要让爱情支撑心理需求的平衡。而郝红梅怀着世俗的追求，争取更高的生活质量一点也不为过，不应当受到谴责。因为，这是所有动物的本性，就连植物也有这样的生存本能，我们应当给予足够的宽容。侯玉英对于孙少平的感情，也是感恩和爱情之间的平衡。至于孙少平与田晓霞之间的那份独特的情感，既在情理之中，又出乎意料。说在情理之中，是因为情由心生，他们因为相遇而相识，因为相识而相知，情窦初开的少男少女产生感情是在情理之中的，我相信他们之间的感情是真挚纯洁的，但对于处在社会的不同阶层、不同生活环境、不同经济条件，除了精神之外，其他几乎是两个世界里的人来说，他们的结合肯定会受到影响，甚至会有来自各方面的阻力，爱情结局是让人担心的。令人意外的是，作者让田晓霞牺牲，这让我们看不到想看到的结局和那些社会所解决不了的问题。

大自然需要平衡，人性也需要平衡，任何一个失去平衡的行动，必然会打破另一个平衡，就会引起连锁反应。一个失衡的心态，根本无法获得灵魂的安静。心灵的共鸣是爱情的平衡，田晓霞和孙少平的爱情是一种平衡，但他们触碰到了社会、家庭、经济、阶层等现实平衡的条件。如果田晓霞不死，要么结婚，要么爱路漫长，如果田晓霞活着，孙少平是否会调回省会？田晓霞是否在三分钟热度过后变心？都无法盲目预判，这是一个理想与现实不可回避的矛盾冲突。

田晓霞的牺牲是文学创作的艺术需要，她的死是高尚的，是年轻人为理想奋斗的付出，这种付出使更多的人受到鼓舞，这是创作给予社会的正能量，让我们不能因为当今社会有世俗主义和消费主义的趣味而苦恼，让我们不是机械地臣服于某种流行的观念，而是忠实于自己的内心，寻找人类情感中美好的东西，让我们在道德制高点上，从人性向上向善中，看到未知世界的一片阳光。

四、希望一时的结局，只是人生的一个过程

关于平凡世界里平凡人物的归宿，无须过多地争论，形形色色的人们在包罗万象的生活舞台上扮演着属于自己的角色，有人成功，有人失败，有人出生，有人死去，但无论如何演绎，这世界都是那样的真实鲜活，感人至深，这就是《平凡的世界》。

还想要什么结局呢？事实永远会在我们眼前呈现，至于精神界面上的变化，谁也无法说清。田福堂、田福军、田润叶、田晓霞、孙少平、孙少安、孙兰香以及平凡世界里的所有人生还很漫长，你希望的结局，依然只是人生的一个短暂过程，如果时间、地点、历史等发生变化，一定会有另外一种版本。

平凡的世界，本来就是俗世里的生命过程，即便再叙述一百年，平凡人的琐碎，依然会围绕着他们的血缘关系和社会一起无休无止地发展延续。因此，平凡的世界没有结局，所谓的结局，其实是我们自己思维和意识对于理想的期许，而生活的真实，依然是在平凡世界，按照自然法则夹杂人为因素的干预，向着一个未知的远方走去。

五、认识路遥

我一直将文人与风骨、气节、清贫联系在一起，且固执地认为，若文人与金钱画上等号，则是理想与现实的严重脱节。社会对文学的崇尚是一种精神寄托，但千万不要对作家的生活抱有任何奢侈的幻想。名垂千古的作品大多是在他们死了之后才被世人

认可，而在生前，他们的创作生活，大多艰难和穷困潦倒。路遥生于陕北，幼年因家穷过继伯父，书本成了他活出尊严的出路。并不平坦的创作之路，充满了所有平凡人必经的痛苦和磨砺，即使卓有成就，也未改变他生活艰辛的轨迹。谁肯相信，一个成名作家的生活会捉襟见肘，连前去领奖的盘缠都需要借款，即便得了稿费，也只是在还款之后勉强糊口。文学创作并未使路遥先生富足，而只是体现了他的人生价值和生命尊严。这份文人情怀和文人个性，支撑他在疾病中依然能够坚持完成这部以生命为代价的举世之作。

作为中国当代文学史上的著名作家，他像一枝迎风孑立的崖上梅花，就像他《平凡的世界》里的平凡人一样，当时并未马上被主流文坛认可，有人甚至对他文学创作的成就还颇有微词，即便巨著出版，还依然遭到挖苦。直到《平凡的世界》引起强烈反响、带来强烈的轰动且潮流势不可挡的时候，那些评头品足的人才不得不进行深刻反思，并有了善意的附和。但此时的路遥，只能站在另一个世界，隔空观望这个平凡世界对他的赞誉。

《平凡的世界》堪称文学经典，不仅是一部历史教科书，而且也是一部社会学教科书。路遥先生以自己平凡的人生经历和对社会的认知，较为客观地描写了二十世纪七十年代中期至八十年代改革初期的社会变迁，真实再现了中国在改革开放的艰难探索和城乡之间的发展变化。路遥先生以社会大师的视角，以文学大师的笔触、人文大师的心理，洞察社会大潮，揭示风土人情，明晰人生世事。通过对社会不同阶层、不同人格、不同类型、不同特点惟妙惟肖的人性心理描写，给予读者对社会深刻的认知。

我叹服路遥先生丰富的社会阅历，可惜的是，他仅是一名理论家，并非一个实践者。就如贾平凹先生对他"是适合官场的政治家"的评价那样，以他的精明和对社会的明察，凭他的学识和声名，如果稍稍附庸风雅，在官场混出个名堂是不难办到的。我想，路遥先生就是揣着明白装糊涂的一个人，他从心灵深处抵触并深恶痛绝那些庸俗不堪的潜规则，唯恐玷污了他自己作为文人的一生清白。正因为如此，他才将自己的生命存放在闪光的文字里得到永恒。

2016 年 1 月 22 日

秋天断章

一阵清风吹散了暑热，秋天迈着凉爽而细碎的脚步轻轻而来。天空高了一些，蓝了一些，大地的视线也辽远了一些。经不住风吹的叶，有几片飘落，但大多还在坚守着绿，只是，那绿色老了一些。茂盛的杂草得了秋雨的滋润，疯长成厚密的绿色毡毯，犹如光亮的油画铺张在漫山遍野，浓绿欲滴，一望无际。

阳光有点惨白，当那缕缕光线渗透硕大而肥厚的浓绿时，漏下来的光与影，会在仰视的目光里引来丰满而透亮的遐思，这份透亮的秋思会伴着蝉的吟唱飘向远方。

随着秋意渐入深处，花儿不再鲜艳，有些已经凋谢，剩下的零星几朵，却展示出一种朴素与执着的美来。但在这萧条里，只有菊花临风而立，山上、河边、路旁、坛中，尽是漫卷的黄裳、傲然的菊香。

秋风在文人笔下总显得无情，秋风扫落叶、茅屋被秋风所破的情景，确实有点凄楚。其实，落叶与秋风无关，秋风对落叶似乎有许多温情，含情脉脉里带有几分依依不舍，当寒风撕扯枯叶在地面翻滚时，那已经是冬季了。因此，风扫落叶只是冬天的杰作，秋风是技艺高超的舞者，在轻歌里曼妙，在音乐中缠绵，让人惆怅而沉醉。

雨是多愁善感、思绪万千的形象代言。只要有了雨，便或多或少有了凉意，也便有了秋天的感觉。若秋天无雨，即使天有多高、有多蓝，也闻不到秋天的味道。

秋雨如丝，连绵不断，淅淅沥沥、缠缠绵绵。雨软软地落在屋顶，落在叶面，落在荷塘，落在秋天的心里。有了秋雨，便有了愁绪，有了依窗而望，有了孤夜难眠，有了感伤、忧愁和相思，有了罗衾不耐五更寒的凄凉。

窗外，雾蒙蒙的，迷雾笼罩着远山近水，若隐若现，如梦如画，不禁使人将相思氤氲在秋雨之中，写在朦胧的山林之上，并将凝聚心头的情诗，作为这幅山水画的题引。

徘徊、辗转与长叹，是宋词里的女子在秋雨里的一种等待方式。在这种漫长的期待中，只有拾拾宋词中遗落的字句，构思一些啼血的章节，才可填满空空的思想。秋雨比起春雨更美妙，比起夏雨更柔和，比起冬雨更柔情。

除了春花，秋月是一年之中的最美之景。春花之美，在于她的色彩和芬芳。而秋月之美则超越了她明亮洁白的本身，时至今日，她已经成为我们思念亲人的一个诗意符号。

轻轻走入秋夜，一轮满月缓缓驶过屋顶，挂在小楼的飞檐，藏在树林深处。空里流霜，远山、近水、竹林静静地温润在月色里，茅舍像刚刚下过一场小雪，万物都失去了颜色，影为黑，光为白，仿佛一张褪色的黑白照片，我们沉浸在秋色里，翻看着秋天一幅幅令人遐思的片段。

1996 年 8 月

雪　花

又是开满雪花的天空。飞舞的雪花精灵般地漫入眼帘，拥入胸怀，映入脑海，醉于心迹。每当此时，我都会微闭双眼，伸开双臂，一任雪花轻吻脸颊，然后在掌心融化。

雪花是大自然中的另类，又名未央，是没有结束没有尽头的意思。她绽放在花朵躲避的季节，不依附树木的枝条，也不需绿叶的陪衬、蜂蝶的簇拥，而在气候突变中应"孕"而生，飘飘洒洒，霎时遍布整个世界，一枝独秀！

雪花是大自然的杰作。凝结核是她的胎胞，是雪花的种子，当凝结核在零度以下时，便会与诸多结成冰晶的水点恋爱结合，细小的冰晶会吸引更多的水点逐渐长大，这便是雪花的雏形。在温和的子宫里，水分子的增加促进了冰晶的生长，冰晶的多少决定了雪花的大小。雪花由无数小冰花组成，每朵小冰花都有六片花瓣，所以古人有"草木之花多五出，独雪花六出"之说。雪花千姿百态，有雪片、星形雪花、柱状雪晶、针状雪晶、多枝状雪晶、轴状雪晶、不规则雪晶等，在大自然中几乎找不出两朵完全相同的雪花，但她只有一种颜色，这种独特的孕育过程和纯洁唯美的色调就是她另类的一面。

雪花是冬天的公主，在冬天的国度里，没有谁能与之争锋，即使蜡梅，也会被这耀眼的雪花淹没在白色之中。她纯洁善良朴实，当严寒袭来，就用素雅把山川、平原裹得严严实实，将整个大地银装素裹成一望无际的茫茫雪域，并塑造出玉树琼枝的森林、晶莹剔透的山峰和冰清玉洁的童话世界。在梦幻般的美景里，寒冷会被温情融化，压抑会轻舒，心境会豁然开朗，人们会情不自禁走出蜗居，奔向旷野，与之共舞，尽情释放！

雪花是寒冷中的温暖，在冰封的冬季，雪花的绽放，会给冬眠的生命一丝温暖，会让生命得到一份安然，会让冬藏得更深，让大地厚重而有希望。雪花给冻僵了的世界一个惊喜，还有无限生机。雪花性格耿直但感情脆弱，经不起温暖的诱惑，当阳光给予拥抱，就被感动得泪流满面，甚至以身相许，将自己化为一缕轻盈的气息飞逝，以回报温暖的爱情。雪花的花期由气候变化决定，有人说她短暂，但她也不是昙花一现，其实，在冰冻的北极，她就是美丽的永恒。

雪花是冬天最有魅力的景观，也许，这个失去斑斓色彩的季节，只有雪花才是唯一的装饰。所以，人们会在雪花盛开的时候，心花怒放地狂奔于雪野之上。当然，也有一些安逸者，悠然踱于屋内，煮上一杯茶，或者一杯酒，隔着玻璃，一边欣赏雪景，一边品尝茶香酒味！更有慧心之人，在雪花绽放时，伫立广袤的旷野，聆听雪花落地的声音，然后采摘一团回家来煮，细听心音。

风花雪月本是一场酝酿已久的怦然心动、持久灿烂与揉碎心魂的热闹花事，我们怎能错过花季，对漫天的雪花视而不见！

夜是静的美

　　黄昏后，灯光初上，一袭晚妆，暖意融融，窗前月色朦胧，宁静柔曼山梁，凭栏远眺的视线里流淌着羽衣霓裳。

　　朦胧的夜色是一首无言的诗。诗中静谧恬淡，深沉而厚重。茫茫夜色又是一幅画，黑白相间的画里，群山渺渺，田陌苍苍，光与影交织，簇拥着石头堆砌的村庄。夜色弥漫的画意诗情，蕴含着桃花源里自然和谐的意境。

　　夜色最能表达静的内涵与外延。广袤的夜幕下，灰黑温润恬静，星星和月亮铺开美丽的背景，庄稼、果子、花朵，所有的一草一木，避于羞涩的帘幕下，沐浴甘露，洗去浮尘，让纯洁的身躯与剪影一同纯净。侧耳倾听，青蛙、蟋蟀，还有许多叫不上名字的昆虫，奏起美妙的和声，行云流水般的天籁之音，轻若露滑草尖，重似飞鸟惊鸿。

　　记得小时候的家乡，黑夜布满了幽静，行走打着灯笼，若明若暗的光里，害怕的不是打劫，而是脚下凹凸不平的泥泞。若有一丝风，就会吹起头顶树叶的掌声。地面枯叶的滚动，窸窸窣窣的声响，仿佛尾随身后的脚步，让人毛骨悚然。有时星月晴朗，那就牵着月亮，披一身的光，唱歌谣、捉迷藏，散了，就在沉寂的夜色里将心儿安放。那夜色，宁静而不孤独，屋里的煤油灯，跳动着微弱的光，一家人在忽明忽暗中做着农活，女孩子凭借心灵手巧纳鞋底、纺棉线，离灯光最近的是正在读书的学生，只有他才能享受在灯下写作业看书的权利。如果累了，倒头就睡，夜就悄无声息地陪伴你进入甜美的梦乡而无一丝打扰。如果没有睡意，就在窗外的星河银汉里展开富有情感的想象。睡在土炕上，与大地是那样的亲近，如果街上有人行走，那脚踏地面的微小震动，在几百米远的地方也会传入耳际，你会从这脚步声里辨别出所有熟悉与陌生的人与你的距离。若有三两声犬吠，那是正常响动，若引起大片的狂咬，肯定是第二天的新闻。

十五的夜温馨而祥和，月亮像玉盘一样高挂天空，月色曼妙，那山、那树、那田野，还有那村庄，都毫不例外地沉浸在皎洁的月光里，安静而柔美。中秋月夜更让人联想，如水的月光照着远处的稻田，近前的荷塘，桂花的香飘在粼粼的水面上，水印着月，月映着水，一家人围着小桌，将企盼已久的月饼送入口中，细细咀嚼那难得的甜香……

夜色是静之美。那种静的极致，让心灵透彻、洁净而平和。我喜欢夜色的静美，喜欢在夜色里漫步。至今，我依然保持着夜行独思的习惯，每当夜色降临，我总避开城市的钢铁碰撞、机器轰鸣、汽车穿梭的喧嚣，一个人来到郊外，在河边、湖畔、山野、田间漫无目地行走。在自然的沉醉里，让含蓄而柔情的夜色，过滤我被凡尘污染的心灵。

2012 年 8 月

柳　韵

　　当春天走近，最先映入眼帘的就是垂柳枝条上的点点嫩绿了，那是春天最早的颜色。

　　"侵陵雪色还萱草，漏泄春光有柳条。"（杜甫《腊日》）当冬雪融化寒气渐退、春风在大地徐徐铺开时，干巴巴料峭在空中的柳条，便软软地有了润色，先是发青，然后就是淡淡的芽苞，旋即便有一丝微微开启的淡黄，远远地摇曳在轻风里，似有似无，几天时间，便清新起来。

　　暖阳和煦，一缕柔和的光，透亮了柳芽初绽的鹅黄，丝丝缕缕，倩影婆娑。柳如美女出浴，披散着满头青丝，那种安适慵懒轻柔随意的姿势，将一种内在的柔美与外在的风情和谐地统一起来，虽是照人的明艳，却不飞扬妖冶。流连其中，便有"梨花院落溶溶月，柳絮池塘淡淡风"的韵致。

　　"忽闻窗外鸟啼枝，卷帘已是春来时。三月桃花开正好，柳絮如雪漫天舞。"（婉儿《春日》）花漫香亭，柳枝轻摇，轻风细雨，一川烟草。倚窗眺望这样一幅精美绝伦的水墨画，诗人笔尖会悠然生出一缕春光，画家眉宇会流动出千般妖媚，乐者指间会响起曼妙旋律。即使是凡夫俗子，也会在一份柔情中沉醉。

柳是长袖善舞的女子，细腰轻盈，长裙曳地，柔美婀娜。在河堤，在湖畔，薄雾笼纱，烟水迷茫，杨柳如绵，朦胧温婉，水因柳而香，柳因水而秀。

柳以其婀娜多姿的美韵，丰富着四季的姿色。自初春第一片清新的柳色开始，至盛夏茂密的浓绿，柳以少女般的清纯，冲击着季节的视觉，曼妙着心灵的情愫。当秋雨洗净了夏日暑热的尘沙，柳叶由绿变黄，柳便不再有半点的粉饰和造作，看似清减淡远，实则伟俊深厚。面对一阵接着一阵的凄风苦雨和一个又一个的雁过黄昏，依然淡然，像诗人一样清高浪漫地走进冬季。柳色是四季中最早的一个颜色，也是最后一个，当叶子落尽，柳仍然坚持着一片老色的黄绿，直到最后。即使身上不剩一叶，也依然守候着一生的梦境，保持着柔情女子的品相，怀揣春天的情思，倾听着春天的讯息。

我对柳情有独钟。无论春夏还是秋冬，总用仰望的目光，凝视那柔弱纤细的枝条沉思怀想。那种不急不缓的静待，那种轻盈婉约和如若处子的把持，那份静雅让我如同微醺时分的迷醉。我爱柳，或许是耿直需要那份轻柔，或许是孤独需要那份温情，或许，只有在柳韵里才能寻得那份诗情画意。

柳，翠叶如絮，但不轻飘。垂枝似帘，却不张扬。含蓄不乏优雅，妩媚不失稳重，娇娆可见气度，旖旎尽显风姿。

我喜爱柳，不仅在于她的姿容仪态，更在于她的执着和品性。

2015 年 1 月

花美在春天

转眼又是一个春天，当曾经的花朵，在经历严冬之后的一片空白里，再次生发出迷人的美丽时，一种荒漠、沉寂之后的生机与清新，不禁让人再次心动起来。

走出家门就是曲径贯通、绿植井然、清新别致的公园。在这样惬意的生活里，沉浸在次第绽放的花丛中，招蜂引蝶的花香，伴着春天的懵懂与萌动，诱使心灵滋生出一种对青春美好的向往。

于是，我在为岁月的沧桑发出感慨之余，又对正值花季的青春而心生羡慕了！

春美在花，花美在春。没有花，春天就没有鲜艳，春之美，在于花美。花美，是世人的共识，应当承认，将姑娘喻为花朵确实是作家最杰出的文学创作，至今，对少女的比喻，再没有超越如此了。花美需要绿叶，正是有嫩绿衬托，才将花的美点缀到极致。无论是花，还是叶，在春天就是正好，过了这个季节，就失了颜色，就失去了活力，就没有了楚楚动人。也正是鲜花和绿叶的相映成趣，才使这个春天，有了生机，有了色泽，有了激情，有了希望。

寻味之中，我忽然想到朱自清先生的《匆匆》了："燕子去了，有再来的时候；杨柳枯了，有再青的时候；桃花谢了，有再开的时候。但是，聪明的，你告诉我，我们的日子为什么一去不复返呢？"又想起了陆蠡先生的《光阴》："年青人往往不知珍惜光阴，犹如拥资巨万的富家子，他可以任意挥霍他的钱财，等到黄金垂尽便吝啬起来，而懊悔从前的浪费了。"是的，在这无限的春光里，我的确有点慨叹，为匆匆逝去的光阴，为渐渐远逝的岁月！

对价值的认知，往往是在失去之后。在百花争妍的春天，遍地铺满的五颜六色会让人不以为然，甚至产生视觉疲劳而熟视无睹。一旦到了冬天，面对千里冰封、万木萧条的沉寂，即便有一朵花的绽放，也会在倒流的时光里，让人细品光阴的珍贵。所以，春天之美也是在春天之后，是在失了鲜艳之后。

春天是花开的季节，也是奋斗的季节，"莫等闲，白了少年头！"过了这个季节，就失去了盛开的机会，即使在其他季节绽放，但已不是春天了！过了这个季节，便没有了这样的花开。

有人欣羡冬梅，其实，赞美冬梅的，只是一种精神。我也曾踏雪寻梅，但找到的，并不像文人墨客描绘的那样优美，顶风傲雪的花瓣，刚开放就被寒风逼得蜷缩蔫枯，实有颓废之感。而春梅就舒展了不少，精神了不少，惊艳了不少，她既有耐寒的品性，又得一丝春风吹拂，更显得生机盎然。

"去的尽管去了，来的尽管来着；去来的中间，又怎样地匆匆呢？"当我在此叹息时，春天又将走过，我们只能是很不情愿地挥一挥手，想留住那片云彩，而不想道别！

雨中情趣

　　散漫的雨，带着叶汁与泥土的气息浸润在嗅觉里，如文人的思维在脑海织结的网，抛向高空而又慢慢落下，笼罩了窗外的土地、山石、林木、人与房舍。于是，时间湿了，空间湿了，节奏也湿了。倚窗眺望灰暗的天际，聆听雨的呢喃，追寻久远的记忆。

　　触角沉浸在雨中，或痒或疼、或喜或悲地撩拨，生了旅人的乡愁、恋者的幽怨、孤者的惆怅、老者的回味与黯然。只有孩子和鸟，睁着亮亮的眼睛，欢蹦乱跳地溶化在密密的一帘雨音里。

　　雨是古典的诗，韵脚规整有序，那种音准和情调，使古典的意趣更加庄重，使浮华世界有了优雅的视听。我们在雨的诗意里，扮演着雨扣廊檐的角色。无论走过长长的雨巷，还是彷徨在丁香芬芳的愁绪，都能在雨的音韵中品味高雅与朴素的意境。

　　淅淅沥沥的雨让树木更加青翠，视线中的远山近水与河岸树林、湖畔杨柳以及地面上的浓绿杂草，印染在灰色的天地间，宛如一幅巨大水墨画，那画面极其丰富，只要几点丹青，便有了无限遐想的空间。桃花雨总伴着蓑衣斗笠的渔翁与田畦中一头壮健的耕牛，翠竹雨总有一座茅屋和门前高高竖起的一面酒幌在风中飘动，杏花雨里总有清明时节的一丝忧郁并配以一支青竹釉出的短笛，菊花雨总有一缕清淡的药香和登高者的黑色剪影。这种梦幻般的沉醉，让雨中情趣由浓烈化为丝丝缕缕，在漫无边际的空间里缭绕，意犹未尽。

沉浸雨中，亦如欣赏处子的纯正，回味童年的歌谣，恭候老年的微笑，领略智者的哲思、仁者的慧心，聆听一个来自苍天厚土的深沉昭示。

沉浸雨中，仿佛能在自然万物众生的沉默中，心领神会，透析灵魂。

雪　天

　　没有雪的冬天，不大像冬天，柔弱的太阳好像害怕别人索取它的温暖一般，总是吝啬地躲避着人们期许的视线，隐隐暗暗的。

　　没有雪的冬天，显得格外干涩和无聊，冷是干冷，风寒彻骨。白天着实短暂，午饭不久，天就暗了下来，不一会儿就变得黑沉沉的。那些不耐寒冷的人们收拾晚饭吃了，就关上房门在屋子里围着火炉，抑或斜靠着床头将身体藏在被窝观看电视节目，熬过漫长的夜。没有特殊事情，谁都不愿在外遭受漆黑之中寒冷的折磨。

　　然而，当雪飘然而下，情况就截然不同了。那白色的花朵将大地铺上了厚厚的一层，罩住了大山，罩住了村庄，罩住了所有裸露的东西，白茫茫的大地一片洁净。耀眼的白，光彩夺目，让人睁不开眼睛。太阳下山了，天还不见黑，那反射的光，驱离了黑色，夜犹犹豫豫地姗姗来迟，即使悄然而至，也是蹑手蹑脚。夜深人静，天依然有着明晃晃的视野，虽不十分清晰，但少了曾经的寂寞和孤独，这灰蒙蒙的夜色似乎有了朦胧的希望！

曼妙最在落雪时。当白色的花瓣趁着夜色飘然落下，静谧就是天地之间的全部内容。雪花不紧不慢，悠闲自如。当你张开双臂，她会轻柔地抚摸着你的头发，腼腆地贴着你的脸颊，羞出了眼泪。雪夜里，没有寒冷，大地轻柔而安详。你只要抛了身边的琐细，拂了脑际的庸扰，微微屏了气息，稍稍侧了耳，敛了心，静静倾听，雪落的天籁之音让人沉醉无比。除了这水做肌骨的雪花，还有谁的脚步、谁的心音，会是这样轻盈、恬静而从容。

漫天飞舞的雪花，在万籁俱寂的夜空中，一定会舞出清新的创意来。当清晨莅临，茫茫雪野，白色的素雅与洁净，超乎了所有的想象。银装素裹的世界，满树银色的雪花，水晶色的枝条料峭地伸向天空。毛茸茸的雪被之下，熟睡的麦苗，恰似睡美人鲜嫩的绿色美体，让人联想到青春的光鲜，你定会怜香惜玉地为其裹住被角，不忍惊扰了她甜美的梦境。

夜间行走雪地，是一种享受，四处寂静中，唯有脚下发出"咯吱、咯吱"咀嚼似的声响。放开视线，万里银装的幽静、沉寂与舒展，俨然一幅巧夺天工的山水画。画面中，你会远远看到房舍里的一点光亮，隐约听到房屋里传来的几声婴儿啼哭声，抑或飘来一阵狗吠，你也许联想到在微弱的光亮下，农家老人不知念叨了几辈的语焉不详的童谣，也许会情不自禁地嗅到儿时农家灶膛草木灰烬里埋着半熟的地瓜香味……

有雪衬托的画面是动人的，不见了那些浑然的杂色基调，不见了那些令人厌恶的肮脏和垃圾。一切都是那样晶莹剔透，一切都是那样纯美洁净。天与地装点了许多奇幻的色彩，土地、树木、房屋和山峦展现着独特的魅力。

世界的万物如果像雪样洁白该多美，人类的心灵如果像雪样洁白该多好。有了雪样的洁白，世界便有了令人向往的纯真和美丽。

　　站在雪里，欣赏、聆听、感受冰清玉洁的世界，自己的灵魂仿佛也被洗涤，身体也染上了纯洁的色彩。

游戏"斗地主"

生活总要有一定的娱乐活动来调剂，于是，有了游戏的出现。棋，雅了些。牌，随俗，易被众人接受。继麻将风行之后，"斗地主"当下最为流行。"斗地主"与麻将相比，更加方便快捷，既解决了"三缺一"的困惑，又克服了道具复杂、环境条件的限制。田间地头，旅途之中，网上网下，随时随地，一拍即合。

表面看来，"斗地主"不过是一场游戏，仔细琢磨，却有很深的人生哲理。"斗地主"除有时代烙印外，还有人类社会阶级之间的斗争哲学。同时，斗地主的过程还蕴含着一心一意与三心二意和"三十六计走为上"的人生智慧与兵法计谋。

看似公允的发牌，既有偶然又暗藏玄机。偶然来自自然的安排，玄机来自人为的设计。充满传奇的玄机，让人有机可乘。当你手握牌面，你就开始了对牌局的思考，你会察言观色，会评估对手实力。在对底牌推测之后，各方便开始了"要地主"与"抢地主"的角逐。这一过程是斗智斗勇的智慧较量。牌手靠的是一种自信和勇气，更是一种实力。有人拥有一手好牌，会毫不犹豫抓住机会一举成功。而有的人明明一手好牌，处于某种考量，隐而不发，让对方落入圈套。有的牌实在很差，却故弄玄虚，迷惑敌人，以求和局。有的虽牌面不佳，但观周边情势，决计豪赌一把。这样的真真假假、虚虚实实，有时眼前一亮，有时灰心丧气，有时惨不忍睹，有时平步青云。

当你竞争成功，成了地主，你就成了众矢之的，你就陷入了孤军奋战，你就面对了两个敌人的围追堵截。你有地主的优势，你比对手多了或穿针引线或定纷止争的四张底牌，你有一心一意的专注。对手虽有合二为一的强势，但有难以揣摩的配合不畅。瞬息万变的情势，足以让对手失误，即便一个小小的漏洞，也会让你在围攻中乘机而逃。但也有失算的时候，对方的合围之势，会让你顾此失彼。

"斗地主"的过程，是一个精打细算的过程，也是敌我双方把握和判断全局的斗法过程。无论是算牌、猜牌，还是防牌、传牌，都是攻防兼备、充满心机。"地主"靠收放有度的局势掌控取得胜利。而作为阻击者，需要默契的配合，需要认清自己的位置，确定自己主攻或助攻的角色，根据需要，或一马当先，或保存实力。

好的牌手，在没有取得控制权时，不会轻易出手。不会单靠运气，不会意气用事，而是总揽全局，摸清对手习惯和输赢概率以判断其能力，然后，凭借自己实力争取胜利。因为他懂得，实力才是最终胜利的法宝。无论你多会打牌、记牌，都抵不过人家一手好牌。没有一张大牌开路，再顺的小牌都出不去。只有小王不行，因为小王一出，基本上都会被大王拍死。如果手中一堆小牌但又连不起来，即使双王在手也未必能赢。但无论什么牌面，都要从容面对，不轻言放弃，坚持到最后。

　　"斗地主"确切地诠释了"没有永久的朋友，也没有永久的敌人，只有永久的利益"这句名言。此局是朋友，就摒弃前嫌，团结应敌，以求共赢。一局结束，敌友重新划分，上一局的敌人也许会是这一局的朋友，上一局的朋友也会成为这一局的敌人。无论怎样组合，目的只有一个，就是为了胜利。"斗地主"也有法、理、情。法是规则，需要诚信遵守，要独立思考各自为战，不能传递信息互换牌面。但也有人情。三人一座，两人关系好，倒霉的肯定是第三方。

　　棋如人生，牌亦如人生。牌在你手中，怎样出牌，怎样玩牌，取决于你的态度，也取决于运气和周边环境。

说　舞

　　说起舞，自然就想起了曲。舞与曲天生就是孪生姊妹，曲是听得见的舞，舞是看得见的曲，舞是曲的化身，曲是舞的灵魂。对于好的乐曲，人们总会编排出各种各样的舞蹈，以更加生动的肢体语言来丰富它的内涵。

　　舞者，柔也。这是我对舞的定义，也是对舞与曲结合之完美的诠释。舞者身轻如燕，曲若响泉幽谷，鸟鸣林间。舞在曲里，挺拔而不失柔美，伟岸而不失缠绵。伴一曲优美旋律翩翩起舞，男士会舞出绅士风度，女士会跳出高雅气质，年轻人可以得到情操的陶冶，年老者可以温润桑榆晚年。

　　舞是文明高雅的艺术，舞是一种纯美的境界。可以想象：一个星月皎洁的夜，随着柔风的摇摆，飘然而动的裙裾，在一曲美妙的旋律中，化作斑斓的蝶，用舞的指尖，轻托思念与渴望、孤独与坚强，将心语融入曼妙的琴弦，一帘幽梦里，舞出人生的精彩与浪漫……这是多么醉人的场面！

　　舞有很多种，无论民族、芭蕾，还是古典、现代，也不论时尚舞、交谊舞，都离不开性别的搭配与刚柔的糅合。有人说，舞者就是在这种糅合中寻求一种庸俗的精神刺激，那是一种偏见。其实正好相反，多少杂念会在翩翩飞舞中，在纯美的乐曲中得到陶冶而悄然消逝。可以说，舞蹈艺术是一种积极向上的净化剂。随着文明的进步，舞蹈将被越来越多的群众所接受。不信你看，现在的日常生活里，在公园、广场、沿河风景地带，集体舞愈加盛行，男女老少聚在一起跳舞，已成为都市社区的一道靓丽风景，也体现出舞蹈质朴本色的内涵。

在节奏欢快的乐曲中舞蹈，不仅给优美舒展的动作赋予韵律感，而且让人在轻快的舞步里忘记了年龄。他们时而舒缓，时而激昂，那艳丽得像盛开的喇叭花一样的裙摆，紧紧跟随和围绕绅士的礼服，如同变换着的五颜六色的花朵在舞池中旋转，让人赏心悦目。

如果累了、烦了、郁闷了、寂寞了，那就用一支舞的时间，让自然的节奏律动起血脉的温度，让匆匆行走的心灵停靠在草坪，在草尖上扭动腰肢，舒展一天的心情。在一支舞里，不论年轻年老，不论丑陋美丽，都会用健美的双足踩着音乐的节拍，感受生命的温暖与热情。

我喜欢跳舞，不是舞姿优雅、知音和韵，而是天生爱动的习性使然。繁忙之余，少不了应酬，少不了喝酒，少不了打牌，酒喝多了伤身体，牌打长了要熬夜。学学跳舞，在舞中沉醉乐曲，既不受醉酒之苦，也不受熬夜之累，还能锻炼身体，并能在欣赏中熏染一点阳春白雪之雅气，何乐而不为。

舞在春天，让轻盈的脚步在一朵春花上绽放。不为逐风，不为引蝶，只为心花盛开。舞在盛夏，像一只蜻蜓，让飞翔的翅膀拍打细碎的阳光，而后，停靠一枚荷叶纳凉。舞在飘零的深秋，让纷飞的思绪栖息一轮明月，不随季节更迭。舞在皑皑白雪的严冬，让天女洒落的雪花，在春风般的旋律中慢慢融化。

别太在意他人对舞艺的雅俗品评，那是他们的权利和自由。我想，只要舞能给你轻松愉快，能给你带来享受就好。在环境优美的广场里，那么一群人，年轻的年老的、男的女的一同跳起舞来，这种群众性的健身运动，无论高雅与否、舞技如何，只要活动一下筋骨，乐出一身汗，身心愉悦就中！

当然，为了健身和快乐，你还有多项选择。

2012 年 6 月

河滩里的鹅卵石

在钢筋水泥的包围中，听厌了喧嚣杂乱的人沸车鸣，便想到郊外河滩里的幽静与那河水流动的悠然。于是，向熟悉又陌生的河滩走去。

此时，正值初冬，河水小了许多，河滩因此而变得宽阔起来。放眼望去，河滩里大大小小的鹅卵石冷清地散落着，裸露的河床上零星的几片野草变得枯黄，偶尔有几只鸟儿闲飞在流水旁边，或站在石头上和流水对话，显得悠闲自在。

看见鹅卵石，脑海里便浮现出小时候在河滩里给家里拾石头垒房子的情景。那个时候，生活很贫穷，农村盖房子大都用石头做地基，土坯垒墙，大树做梁和檩条，小一点的木头做椽子，梁、檩条、椽子经过木匠的加工组合构成了一个三角状，顶角就是房脊，两边就是房檐，用芦苇编织起来的帘子铺在檐上，摊上泥，砌上瓦，新房就算落成。拾石头是很艰难的，在河滩里把大水冲下来的稍大一些的石头拾起，用架子车拉回家。那时没有路就在鹅卵石上行走，一车也拉不了几个，拉回足够用的石头到家要费很多工夫和力气。当时用石头的人很多，河滩里的大石头都让人给拾得精光，石头也变得贵重起来。这些年，生活水平提高了，很多农村也过上了小康生活，别说是城市的高楼，就是农村大多也变成了钢筋水泥的平房。这些河滩里的石头慢慢被社会舍弃而无奈地走上了下岗的道路，只能散落在这清冷的河滩里，任由河水冲刷。

想到这些，心情未免沉重，那散落在河滩里大小不一的鹅卵石，就像繁华街头拥挤攒动的人头，被无形的水流冲击着向前流动，也很像在剧院里看戏时人仰着的脸，很专注地看、想、大笑，然后拥挤着一哄而散，流落到大街的各个角落。

其实，散落在河滩里鹅卵石远比人类历史久远，它们难道不是岁月与阳光碰撞的结晶吗？它们原本在高山之巅，高大挺拔，伟岸耸立，洪水把它们从高山上冲下来，跌得粉碎，经过了无数次的猛烈冲击，它们慢慢变小，有的成为很小的石子，或成了沙粒。经历了几多磨砺，它们的模样变成了千篇一律的圆滑，没有一点棱角，从它们在风雨中成长的过程，可以体味到它们在无情的冲击中成为浑圆光滑的几多无奈……今日、明日、未来，它们还将在历史的长河里，继续磨砺下去。人类不也和这鹅卵石一样经受着碰撞和锤炼的过程吗？

清澈的河流在裸露着的鹅卵石间嬉戏欢笑，那流淌着的河水悦耳动听，成为这个季节这个环境的绝响。流水无意对河石同情便向前奔流。人类是万物的智者，是有说有笑有情的生命，多么值得庆幸、珍惜和赞美！

离开河滩的时候，忽然看到有几个奇石爱好者在阳光下寻找着石中精华，也有几个农民在捡那些能盖房子的鹅卵石，我的眼睛忽然亮了起来，心里有了一丝安慰，这些散落的鹅卵石终能各得其所啊！

公司"总"多

但凡有一官半职者，多喜欢官称，呼其官职时，避其微而称其高位，心中总会得意。以前，这种官称多流行于政界，当下业界也很风行。随着经济发展，各种门类的公司如雨后春笋，"总"也就多了起来。

在公司，除了董事和董事会主席外，就是"总"了。有总裁、副总裁，总经理、副总经理，总监、副总监，总工程师、副总工程师等。不仅集团这样，旗下的子公司也是这样。只要公司在，满眼是"总"，只要有员工在，就有"总"在。公司称"总"者，不计其数，呼来唤去都是"总"，让人懵懂，不知其权力大小，所管何事。

公司这些大大小小的"总"们，组成了一个权力中心。权力中心也有核心，那就是掌舵的董事会主席，其他的"总"虽然也是一定范围的主管者，但他们都是掌舵人的辅助。总经理也是权力中心，他是一方诸侯，在他的一亩三分地内，一人独大。

在公司的权力中心，还有一些被称之为主席助理、董事助理的，他们是掌舵者的幕僚，所以，在公司的任何场所，他们当然也是被尊称为"总"的。这些"总"们，不是古时的"门客"，因为他们内功深厚，且参与了公司的工作运转，甚或直接领导具体工作，所以，这部分"总"的位置更加不可替代。

细想，这些位置的设定与行政部门的设置有异曲同工之妙。行政机关在没有那么多职数时，编制相当位置，除具有同等地位外，更重要的是一种相当职位的待遇。但公司的这种设置与机关意义不同，公司讲究的是效益，机关讲究的是资历，公司职位与个人业绩直接挂钩，而机关则不尽然。这些被称为"总"的，在公司发挥着举足轻重的作用。

公司"总"多现象与社会需要有关，方便与业务的对接。尤其冠名，有了官称，造成一种威信，对外就好办事，就会受到一定礼遇，博得对方尊敬，否则会被人看低，受到歧视。只有将这些务虚的所谓官称加以冠冕，让其光彩照人，才能发挥神奇作用。

想想也是，只要事情顺达，只要这张名片有敲门之功，只要让公司获得其应有利益，多几个"总"又有何妨！

公司"总"多，是工作需要，也是心理需要。如果仅此而已，也不为过。只怕有人飘飘然而陶醉于此，摆起官架子，打官腔，做官样文章，危害可谓不浅。

落魄者

　　风浪好像过去了，大地仿佛平静了许多。从酣梦中渐渐醒来的人们又一次进入了烟波浩渺的梦海之中。但那个人仍然躲在阴暗潮湿的屋子里不敢外出，害怕那吃人的眼睛，害怕野蛮的追杀，害怕那些被豢养的狗，害怕那来自四面八方的冷嘲热讽和讥笑。

　　说他是失意者，不如称他为落魄者，这样可能更恰如其分。在所有正常人眼里，他的神经就是有毛病的，他不属于鲁迅笔下的阿 Q，但与其笔下的那个站着吃茴香豆的人有几分相似。他的脑子似乎有点清醒，他知道大家都在取笑他，他也不愿被大家取笑，所以他一直躲得离大家远远的，甚至不出家门。

　　屋外像没有灯火的海面，暗礁突出，危机四伏。在这恐惧的海面上行船，即使没有航标灯，也可辨认出那深处的危险所在。一个个猎手像猫头鹰似的在不停地搜索着周围可以袭击的目标。并像蜘蛛一样结好了网，随时随地欢迎着你的光临。

　　大地的平静，似乎并不像他想象的那样，随时就有疾风的袭击，但对一个落魄者，更增添了沉寂的恐惧。即使平静得真实，他也想在人们面前消失，消失得无影无踪。他害怕自己像乞丐一样，满脸污垢，衣不蔽体，到处乞讨。害怕见到熟人，害怕自己狼狈不堪的形象会引来一群小孩子的追逐和讥笑。

白天默无声息地躲藏在屋子里，硬着头皮去看早已看倦了的之乎者也，咀嚼着早已审视多遍的人生警句，写着让人费解并当作笑料的文字。但在他早已僵化的思维中，书本上所谓的正义在这个世界上已经没有了痕迹，印在白纸上的只有一片茫然。

时间慢慢老去，在失去了奋斗的废墟上，仅存有曾经为之骄傲的青春记忆。事业早被孩提时的哭叫声淹没，光明也被不曾相识的手遮挡，即使那一点供人查阅的档案也被轻轻抹去。理想和前途也被那无情的风浪所吞噬，连那唯一的希望也被漫天的乌云笼罩得没有一点影子。

他是落魄者，他没有用笑脸迎接厄运的勇气。他没有勇气面对这令人窒息的世界，也没有一点力量去抗争，只有沉默，沉没在一片寂静的海洋中，沉没在人们遗忘的角落里。

夜是那样漫长，死一般的寂静。风来了，雨来了，闪电夹着雷鸣。死神悄悄地降临在这个寒冷的世界。他，这个世界的落魄者将在慢慢老去的时间里悄悄消失。

1984 年 10 月

随笔几则

一

　　很多人喜欢把巅峰和登上巅峰比作成功，在"望海能知风浪小，山登绝处我为峰"中感受高人一等的尊贵和自大。但对于一个登山者来说，下山才是真正的成功，这是内行的箴言。因为，享受成功，首先得活着。所有登上山巅的人都要下山，所有位高权重的人一样也要卸任。上山靠的是体力和运气，而下山靠的就是技术和修养。

二

　　人注定是陆生动物，只有在地上才能安稳生活，当你乘坐飞机离开地面、乘坐渡船驶向深蓝时，那颗心始终是悬着的。当飞机安全着陆，当渡船到达彼岸，你才能感受到脚踏实地的真切意义。

　　目前人类所有的太空运动，都是对生命的探索和极限挑战，但最终还是要回到地球上的。让地球之人迁徙其他星球之说，只是一种大胆的猜想，是研究，是梦想付之于实践的手段，实则难以实现。这不是悲观，也不是对科学的否定，我想表达的是，如果终有一天实现了人类向太空的迁徙，那定是现有地球人的变种，而不是现在的地球人。

<h2 style="text-align:center">三</h2>

文学是读心的学问，一如修行，需要静思、感悟，需要对生活进行反刍，需要心与心的感知。而这种心灵的感知，需要一份情感，一份平和，一份善良和爱心。需要用心去体味，用文字去表达，让我们懂世界，也让世界懂我们。只有这样，才能创作出精彩的文章。

鉴别诗的好坏，没有固定的标准。读一首诗歌，只要你能够情不自禁顺应她的指引，进入一种境界，感受到她的体温和深刻内涵，享受一种超然的美，那就是好诗。我写诗歌，纯为一种爱好，也许能在一种静谧的思考中，享受心灵的愉悦，在太累、太重、太难的生活中，得以天马行空的想象，让自然滋润于人生的章节，让美好安居，从而体味工作之乐、生活之美！

<h2 style="text-align:center">四</h2>

想到医生，我就会联想到法官，医生的职责是消解病痛，救人性命，法官的职责是定纷止争，断人是非，定人生死。两者都需要救济苍生、造福社稷的宽广胸怀与自觉的社会责任。自古以来，受人赞颂的名医，不仅有妙手回春的精湛医术，而且有胸怀

天下苍生疾苦、悬壶济世的社会担当和对病人深切的人文关怀。对于法官来说，一个诉讼，大则关乎身家性命、生杀予夺，小则涉及钱财琐事、鸡毛蒜皮，"三尺平台决百讼，一纸判决安万民"。如医生般，法官不仅需要高超的专业知识获取人们的尊敬，更重要的是让当事人重拾信心、重燃生命的希望之火。

五

假如正义始终是强者，社会充满着真善美，法律也就没有存在的必要。法律总是基于遏制邪恶的需要而产生的，正如孟德斯鸠说的那样："法律的制定是为了惩罚人类的凶恶悖谬。"而邪恶之所以需要国家暴力来铲除，是因为其常常占据强势的地位。弱肉强食是丛林法则，在这个系统内，坚齿利爪，身躯庞大，肌肉发达，就成为食物链的高位。这是物竞天择，适者生存的必然结果，作为纯粹自然的选择，毫无价值判断可言。而法律的本质就是匡扶正义，让正义发扬光大！

六

地痞一旦成为暴发户，便开始绅士起来。他们拥有了财富，心里渴望与之匹配的学识。于是，寻找各种渠道，上名校，弄文凭，获取文化层面的包装，然后不遗余力地接触各种官员和文化名人学者，捞取政治资本。自此，从形式上洗心革面，走起路来文质彬彬，说起话来温文尔雅，做起事来仁义礼信，以为用这样的方式，就可以掩饰过往的斑斑劣迹。窃以为，无论他们过往如何，只要知耻回归正义，脱胎换骨，那也是一种进步。

七

汉语的魅力，在于它的内涵与外延，在于语境，在于丰富神奇、妙不可言的想象空间，在于只可意会而不可言传的美妙。不同字之间的相互组合，成为不同的词语，并有了不同的含义。好多事情，就是只可意会不可言传的，不是不说，也不是不懂，而是不便于直说，免得尴尬。意会含蓄地回避，显得优雅得体，"于是几案罗列，枕席枕藉，意会心谋，目往神授，乐在声色狗马之上"。

八

人生没有如果，只有结果。对于过去，不可忘记，但要放下，因为有明天，今天永远只是起跑线。生命必须有缝隙，阳光才能照得进来。人生就是一场修行，修心、修身、修省、修己。修行的内涵很广，放下、隐忍、坚持、包容、淡定、超脱、感恩……每一样都需要你坦然接受，痛苦历练。最好的人生就是从烦恼中走出，从困境中走出，从自我中走出。

明白是人生追求的目标，一旦明白了，你就是智者。明白就是看得透了，不再较真，清醒了，不再糊涂，知道放下，不再执着。明白，是经历后的成长，是受伤后的坚强，是负重后的承担。

九

平衡是生命的境界，"度"是生活的哲学。万事万物都需要一种平衡，只有适度才能找到平衡，如果过度，就会受损，就会失去平衡。一位智慧的朋友说：什么是错？过了就是错！这就是"过错"的缘由。

适度需要思考，需要拿捏，需要平衡。谦虚过度有时会成为虚伪；自尊过度有时会成为自卑；自信过度有时会成为自大；殷勤过度有时会成为谄媚。老实过度就是愚妄；善良过度就是迂腐懦弱。做什么都要适可而止留有余地。漫漫人生，难得总在平衡中，不断修正，从一个个不平衡走向平衡的就是智者！

十

复旦大学陈果教授讲佛教的过去、现在与未来时说：在寺庙大殿供奉的三世佛，为什么现在佛总是位居中间，因为本身就没有过去佛和未来佛，只有现在佛。因为，过去的就是现在的过去，未来的就是现在的未来。我觉得很有道理。今天是昨天的未来，是明天的过去，明天就是今天的未来。过去的已经过去，未来还未发生，一旦发生，便成为现在。所以，过好生活，就要把握现在，未来就是现在开始，像弥勒那样，大肚能容，开怀地笑。

十一

一个老船夫和他的外孙女还有一只黄狗，伴着渡船度过了他的人生，这就是发生在《边城》碧溪岨里的故事。这里的翠翠是未来，但未来到底怎样？小说娓娓道来，不得不让人为一个大家的文学修养臣服。海明威的《老人与海》展示了作家的精思妙想和绝妙文笔。通过老人一次远海打鱼的过程，以主人公的自言自语，反复而仔细地描写着一个老者的心灵变化。从这些惟妙惟肖的描写中，我们深切感受到了老人与海的情感，老人的意志和毅力。与其说是作家的能力强，倒不如说是翻译家的文学功力高深。翻译家与作家一样光荣。

十二

《偷窥的月光》里，老大是很有个性的人，小弟自然也很听话，从老大他们富有诗意的谈话中，小弟知道今夜的月亮很明朗。他被关在屋里，很想出去看看皎洁的月光，但没有得到老大的应允，只有将习惯性的随心所欲忍了下来，安静地听着他俩的谈话，等待着需要自己长脸的机会。他们月下的花语是那样温顺和缠绵，软软的、低低的，没有什么争执，也没有辩论，一问一答互相接应，对不同看法采取的隐忍和包容，或是以委婉的轻语回避，或以沉默表达相互间的心知肚明。在偷窥的月光中，小弟看到了相当和谐的场面，交谈深处的拥抱、抚摸，甚至亲吻。这些令人心动的诱惑，只有靠坚强的意志力闭上眼睛来抗拒。在他内心深处，他真的不想用慎独来考验自己的毅力，他很想挣脱这种毫无监督的诱惑。他一直这样克制着，因为，他没有得到老大的暗示和指令，那个如花的女人也没有想要别人打扰的意思。此时，只有静默，这是只属于他们两人的天地和乐土。

十三

经历了一次黑色浸染之后，自然清新而轻盈。挣脱了漫漫长夜撕咬的灵魂，在月明星稀中，重获新生。抖落了漆黑皮屑的躯体，蜕变为希冀的空灵，在一袭柔软的光里，扑向温暖的怀抱！仿若春天的嫩芽，接受着朝露晶莹的问候。光的慰藉，焚烧了惊恐未定的夜寒。由衷的欢颜，让初心的顾盼，点燃了一个刚刚开始的明天！

绽放心间的花朵，轻吻唇边，所有寂寞，升华为颇具营养的美，随着弥漫的晨曦从心灵深处向外扩散。迷离的五颜六色侵入眼帘，美，在一缕馨香的诱引中持续生长，一抹浅笑，如莲，冰清玉洁的心语，在水的镜面上激起涟漪，一圈一圈……欲望的文字趁机欢声雀跃，面对晨吻的情景，却又羞涩地隐去，默默奏响激扬的晨曲！

《晨吻》将一份欣然用神来之笔绘入山川画卷，将风和日丽的光与影委婉在一阕词里，让曼妙的意境顺着平仄的云霞无限伸展。

"义"字旗下朱元璋

从朱元璋出家当和尚剃度烙印不成的那一刻起，上天就已经有意让他来掌管那个混乱世界的未来了。这虽然是艺术家创作的暗笔，但也反映了当时社会希望改朝换代的民意。

他从一个放牛娃一路有惊无险地杀将过来，从士卒到将军再到元帅，成为乱世英雄且仅用十年时间，四十岁不到，就封王称帝创建了大明王朝，成为明代开国帝王。这就是朱元璋，这就是真真切切的历史！

在中国的历史长河中，英勇善战的枭雄与勇士也有许多。有的开疆辟土，成为一代帝王；有的继往开来，传出惊世佳话。但像朱元璋这样，从一个目不识丁的放牛娃，进而沦落为乞丐，再成为杰出的政治家、军事家，最后一统天下成为一代皇帝的，却极为罕见。

任何起事者，都会树起一面众人信服的旗帜。朱元璋也不例外，他的这面大旗就是"义"字。孩提时与汤、徐二人结义，薄席安葬父母，便是"义"的开始。之后，参加义军，扛起义旗，靠义兄、义弟、义子、义侄的义勇拼杀，于"义"旗之下取得江山，那便是"义"的结果。

毫不怀疑，朱元璋是将"义"作为敲门砖的，但这种以"义"为道的运用，始终没有偏离"义"字的内涵，反而体现了他一种超人的用人智慧和过人的驭人本领。当他从皇觉寺走出被义军所获成为郭子兴部下马夫见到当时已经成为千总的汤、徐二人时，本来卑微的他，利用长幼有序，坚持上位就座，就已经有了以"义"取道、君临天下的个人抱负。此时，如果不拿"义"字说话，汤、徐二人断然不服，正是这个道义，为他之后在精神层面节制汤、徐二人，并以义兄之名发号施令奠定了基础。也正是这个"义"字，才博得众多义兄、义弟、义子、义侄和诸多将领的舍生取义，进而换取朱元璋的江山。

打江山是很艰难的，为了这个义字，朱元璋可谓是身体力行，实际上应该说是韬光养晦。无论他心里咋想，但从表面看却是能够用义字来解释的。首先，作为郭子兴的义子，即便有诸多委屈也要谨守道义，即便是在郭子兴死后，他也舍弃了与义兄争夺本不想舍弃的帅位继承。其次，是在自己实力强大时，依然接受李善长"缓称王"的建议，拥立义军元首小明王的盟主地位。不仅如此，他还严厉军规，对损害百姓利益者、杀人奸淫者严加惩处。朱元璋的作为，不仅让世人看到了一位道义统领，也让世人看到了一支正义之师。在"义"字旗下，朱元璋做出了锦绣文章，即便是称帝建立朝廷，也让小明王死于"义"字旗下，并以此来祭奠自己登基的道义。

朱元璋的天下，是靠将士们用血汗拼下来的，也是他靠自己的信义与智慧一步一步脚踏实地走出来的。第一次在郭子兴手下参与元军的战斗中，当看到友军在敌军的攻击下节节败退，而自己的将领故意按兵不动时，朱元璋怒杀头领，第一个冲出战壕杀向敌人。他在这里表现出来的道义，奠定了朱元璋在郭子兴心中的地位。也是这次战斗，让朱元璋成了郭子兴的义子并成为统军将领，为日后发展成一方诸侯，为创建大明王朝做好了铺垫。正是由于他具有当时社会上所尊崇的道义，才使他成为众多弟兄所追随和臣服的统帅。同样，他的勇猛善战以及足智多谋，使他成为那个时代的枭雄。

他和他的兄弟们，在血泊里，在生死中，独树一帜，盘踞金陵，逐渐占据了江南江北乃至整个中华大地。他以自己的道义携带着兄弟们的忠诚和赤胆，在眼泪的光照下，踏着兄弟们的尸体，一步一步走上了皇位。一路之上，无论是骁将或者文士都自觉地在他的旗下俯首称臣，献计献策，使他顺理成章地走上了最高的统治地位。

朱元璋之所以能击败群雄，夺取江山并稳坐江山，除了道义和一系列卓有成效的措施外，最重要的是他善于选拔和使用人才。他选贤任能，唯才是举，特别注意选拔培养年轻官吏。他谓中书省臣曰："郡县官年五十以上者，虽练达政事，精力既衰。宜令有司选民间优秀青年二十五以上，资性明敏，有学识才干者，辟赴中书，与年老者参用之。后老者休致，而省者已熟于事，如此则人才不乏，而官使得人。其下有司，宣布此意，悉令知之。"这样的人才梯队形成支撑了政权的长治久安。他在注意提拔有才能之人的同时，对于那些贪赃枉法者一律治罪。并考其政绩，对于称职者升，不称职者降，贪污者付法司罪之，阘茸者免为民，可谓恩威并施。

一群贤能者中间必定有一个是站在制高点上的，这个人就是朱元璋，也正是他使那些出生入死的兄弟们和文臣谋士走上了恐怖的危险境地。自以为聪明的文臣，或自以为战功卓著的武将，在权力的明争暗斗中，尔虞我诈，甚至重权在握，但都在他的掌控之中，朱元璋左右逢源，利用均势，让一个个像李宪和胡惟庸这样既有谋略又很贪心的人在互相消耗中走向断头台，从而稳固了自己的地位和江山。

朱元璋可谓铁腕皇帝，为了构筑家天下格局，朱元璋将二十多个孩子分封到全国各地，为了给子孙留下一个稳固的江山，他费尽心机。为了消除隐患，他设立了锦衣卫情报机关，使特务遍布全国，监视大臣们的生活细节，以便随时清除那些他以为威胁到未来江山的乱臣贼子。朱元璋坐天下的杀戮不亚于打江山之时，那种决心甚至比打江山时更为坚定。开国功臣以及家属，被杀了数万，全国上下各级别的官吏因为指控贪污，或者有贪污嫌疑，又被杀了数万。仅到洪武九年，光谪屯凤阳的官员就有一万多人，在洪武二十六年至二十八年间，诛杀大将蓝玉累及一万五千多人同死，后逼徐达食他所赐蒸鹅死去，再逼傅友德自杀身亡，短短的三年内，朱元璋就将当初随他一同打江山的元老一一铲除。他的狠辣与此前所谓的道义形成了鲜明的对比。

朱元璋是从社会最底层一步一步走上来的。百姓的痛苦，他亲自经历过；百姓饱受地主官员压迫，家破人亡流离失所的痛苦，他多次目睹过，并在他内心深处刻下了难以磨灭的烙印。在他看来，那些上层社会的人，渲染个人遭受的所谓痛苦与他自己所经历过、看到过的底层百姓和一线士兵的痛苦比起来，简直是天壤之别。从最朴素的情感来说，他是希望能够以自己的作为来改善最底层百姓的痛苦处境。所以，他绝不能容忍自己建立的政权，再施加给普通百姓以自己曾经遭受过的痛苦。从这个意义上说，他有自己的政治原则，有自己的政治理想。正因为此，他在打仗的时候，可以三令五申，不许军队杀降，不许军队杀戮平民、抢掠妇女。一旦打下了天下，他又三令五申，并警告功臣勋贵，不得仗势欺凌百姓，侵夺普通百姓利益。

朱元璋过人的军事才能、统帅才能是肯定的，否则他也当不上皇帝。而更让人惊异赞叹的是他在文化上的天赋。他出身贫苦，也没有得到系统教育，他的文化都是在成年以后学来的。在战争实践中，经常与读书人接触，他不断刻苦学习，钻研思考，文化水平突飞猛进。当上皇帝以后，他的文化修养，特别是知识的渊博程度，包括写文章的能力，都已经远在一般读书人之上，就是书法水平也让人刮目相看。

在朱元璋的人生经历中，最不能忘记一个重要的人物，就是后来成为皇后的小妹。这位马夫人在朱元璋得天下的过程中发挥了极其重要的作用。她不仅以谋略还以人情打动了那些文臣武将的心灵并让其臣服。在战场上或在执政中，文臣武将有时在心底是对朱元璋本人有意见的，但出于对这位德高望重夫人的尊敬而顺从了。这位本来就十分精明的夫人经过战火的洗礼变得更加成熟，她遇事不惊，稳健冷静，成竹在胸。正是由于她的辅佐，才使得朱元璋在执政中得到了恩威兼施的平衡。

无论如何，朱元璋在历史中算是一位特别的君王了。明人谢肇淛在《五杂俎》中说："盖自三代以来，战国至于刘项，是一劫；三国至于五胡，是一劫；中唐至于黄巢、石晋，是一劫；女真至于蒙古，是一大劫：中国之人，无复孑遗矣！故我太祖皇帝之功，谓之劈开混沌，别立乾坤，当与盘古等，而不当与商、周、汉、唐并论也。二百四十年来，休息生养，民不知兵，生齿繁盛，盖亦从古所无之事。"这也是当时对他最具有代表性的评价了。

白话康熙

　　相对于六岁登基的福临来说，康熙八岁登基算是顺利的。这是康熙的命运，也是"天降大任于斯人"的天意。

　　顺治六岁登基时的状况相当复杂。当时，大清尚未统一中原，皇太极带着"储嗣未定"的遗憾猝死。随努尔哈赤南征北战的皇太极长子豪格与战功卓著且手握兵权的睿亲王多尔衮展开了一场争夺皇位的明争暗斗。孝庄皇后凭借过人的智慧，一边抓住兵权在握的多尔衮，一边以情理规劝豪格，并游说朝中大臣，最终使宫廷在围绕皇权的争斗中达成妥协，并将自己唯一的亲生儿子顺治推上皇位，当上了清朝入关进入紫禁城的第一位皇帝。

　　顺治是一位有才华的皇帝，在经过寄人篱下的煎熬和上任初期的风雨飘摇之后，很快就将权力牢牢控制在了自己手中。谁也不会想到，在他执政最为平稳正是建功立业的时候，董鄂妃的病逝让励精图治的青年帝王精神颓废起来，顺治到底是出家还是暴病而亡不得而知，但康熙八岁登基，这是不争的事实。

　　康熙登基比较平稳，因为顺治正当旺年，皇子幼小，尚未形成党羽之争，大臣均势，领导核心坚强。最重要的是康熙天资聪慧，不仅顺治喜爱，更得孝庄认同，这是确定康熙继位的关键。

康熙在中国五千年文明史上，是当政时间最久的一位皇帝，也是颇有作为的皇帝。康熙八岁登基，十四岁亲政，文治武功，雄才大略，并以清除鳌拜专权、平定三藩、收复台湾、荡平噶尔丹等卓著功勋开创了彪炳史册的"康乾盛世"。

令世人叹为观止的伟业背后，均有一大群智者的支撑。其实，皇帝除了自身过人的聪明才智外，其最大智慧在于怎样将身边乃至整个天下能够利用的资源有效地整合起来。"千古一帝"之誉，来源于他的千秋伟业，其千秋伟业的创立，基于他的才能，基于良好的皇家教育基础和驾驭人才的能力。

康熙幼年得孝庄真传，并有苏麻相伴左右。历经风雨的孝庄，可说是康熙的活字典。她对朝政了如指掌，对大臣心事和时局洞察秋毫，对任何难为之事都成竹在胸。苏麻喇姑虽为侍女，但亲身参与了许多历史事件，其干练不让须眉。另外，康熙先后师从于陈廷敬、熊赐履、南怀仁、苏茉儿、傅以渐。这些大师个个都是国之经典，饱经沧桑，满腹经纶。

在康熙执政的每一历史节点上，都会遇到一个得力的大臣鼎力相助，这是他的幸运，也是他知人善任的结果。总之，大清是他的，普天之下，莫非王土，王土之上，皆为臣民。当然，康熙绝不是一个胸无大志之人，尚未亲政，参加皇考，一举夺得探花已证明了自身的实力。在济世师傅离开之后，康熙遇到了伍次友，这是他登基之后及执政前期理论与实践的贵人，为其亲政和铲除鳌拜提供了有力的支持。

权臣是皇权时代的特有品种。权臣与皇权的关系，既对立又合作，权臣兴起必须依托皇权的支持，权臣本人往往对皇权的巩固和发展贡献不菲而被皇权倚重，但随着权臣势力的壮大，就会对皇权形成威胁，而最终又会被皇权所清算。鳌拜是三代元勋，号称"满洲第一勇士"。鳌拜随皇太极征讨各地，战功赫赫，且是皇太极的心腹。顺治元年清军入关，鳌拜率军攻闯王、定北京、征湖广，驰骋疆场，冲锋陷阵，又为清王朝征服中原立下汗马功劳。后出征四川斩张献忠于阵前，被顺治帝超升为二等公，授议政大臣、领侍卫内在。康熙即位，顺治帝遗诏令其为辅政大臣。但随着时间的迁移，鳌拜日益骄横，结党营私，逐渐成为康熙执政的最大威胁。

为了解决鳌拜问题，羽毛未丰的康熙急于求成，试图利用苏克萨哈当朝请辞逼鳌拜还政康熙。不料，鳌拜罗织二十四条罪状要挟康熙将苏克萨哈斩首抄家，孝庄不得不牺牲苏克萨哈换得朝廷暂时安宁。康熙和鳌拜之间的交锋，是在你中有我、我中有你中进行的。一心想锻炼康熙独立执政的孝庄，不得不参与行动，立索尼孙女赫舍里为皇后并与皇帝成婚，使康熙在索尼的大力支持下开始亲政，在朝廷上逐渐占据主动。显然，鳌拜在资源和道义上都输给了康熙，忤逆之罪本来就是不可回避的劣势。康熙八年，康熙与索额图密谋，支开京城中鳌拜的亲信，密旨九门提督铁丐皇城生杀予夺之权，孝庄暗中号令外部驻军增援，为康熙清理鳌拜提供了最后的保证。

每一次斗争之后，都会换得一定时间的稳定。久安之后，就会有再一次的动乱产生，这符合哲学逻辑。几年之后，三藩割据，与朝廷分庭抗礼，这种对皇权的漠视，再一次让康熙不得安宁，成为他必须清除的障碍。此时出现的周培公，就是上天有意的安排。

为了国家稳定，孝庄太后审时度势，试图用康熙的年轻优势拖延，待吴三桂年迈无力时收拾局势。但康熙力排众议，迅速做出裁撤三藩的决定，导致三藩起兵、占据半壁江山，朱三太子趁机在皇宫内外暴动，与吴三桂形成遥相呼应之势。再加上，北方察哈尔援军乘机逼宫，西边王辅臣虎视眈眈。一时间，皇宫内，风声鹤唳，危机四伏。关键时刻，有勇有谋的周培公大显身手，用三万老弱家奴组成虎狼之师，向北歼灭察哈尔叛军，向西收复王辅臣五万兵马，迅速扭转局势，并组成数倍军队，围歼吴三桂如囊中探物。

　　一个才华超群的大臣，对于皇帝来说，只有在最需要的时候方显价值，而不需要时，只有死了才会让皇帝放心。为了防止功勋盖主，在即将平定吴三桂时，康熙很艺术地调周培公到东北布防，这位忠臣在北方驻守十一年之久。

　　周培公就是为康熙而生的，尽管在歌舞升平中康熙早已将他忘怀，但当台湾不断骚扰，胤礽亲征兵败时，这位旷世奇才又唤醒了皇帝的记忆。周培公无怨无悔，虽身染重病，不久于人世，依然将自己被囚禁十一年时间所绘制的大清国全图献给康熙，还推荐了水师将领姚启圣，从而使康熙顺利解决了收复台湾的棘手问题。

　　康熙是用人高手，无论是索额图，还是明珠，还是周培公、姚启圣，所有的朝中大臣他都调遣得宜。康熙对于心腹的利用，更令人玩味。收复台湾之后，康熙以举国之力，三次征伐漠北，一举平定准噶尔丹，不仅阻止了准噶尔的东进，又将喀尔喀蒙古并入版图，从此，大清王朝进入到一个长期稳定的太平盛世。

　　取江山难，守江山也难。永固江山对于皇帝来说，永远是一个大课题。立储君是创千秋伟业的重要事项。康熙执政期间，注意对接班人的考验和锻炼，无论是安内还是攘外，康熙都安排其儿子参与其中，有意使他们得到历练。康熙去世后，根据《康熙遗诏》，皇位传给雍正，较为平稳地进行权力过渡。

关于雍正篡位说，并无有力证据。遗诏用满文和汉文两种文字写成，汉文可以篡改，满文则不易改，"雍亲王皇四子胤禛"，封号及名讳一目了然。雍正也是一位不凡帝王，即便是谋位，也延续了辉煌！

年的回味

　　小时候，过年是我所盼的，不为别的，只为能穿上一身新衣，还能吃上几天的饱饭，若是家里稍有宽裕，兴许还有肉吃，如果条件不允许，这些大多可以省去。过年最为奢侈的就是撇开整日的劳累去尽情地玩了。除了玩烟花，还有专供小孩子玩耍的小鞭炮。把一挂小鞭炮一颗一颗的、不伤着"捻子"小心地拆下来装进口袋，然后，持一炷香走上大街，从口袋轻轻取出，捻子对准香头，看到捻子燃烧后飞快地扬手一甩，鞭炮在冬日清冽的空中爆裂。随着一声响亮的炮声，周围弥漫出一股细细的火药香来，同时，也在一颗童心里散发出醉人的惬意。

　　旧时的穷困，如今是无法想象的，只有经过的人才能体味。人们整日为温饱而不停劳作，大人是，小孩也是，大人们围着田地要粮，小孩放学就挖野菜或割猪草，野菜可以填饱肚子，青草可以喂猪为家庭换点零花钱，或者将草交到生产队喂牛换一点工分。但那时，穷归穷，人的精神生活却一点也不逊色，平日里有说有笑，一到过年，村子里更会空前的喜庆。所有人都可暂且放下活计，放下所有的烦恼，大人小孩一群一群地聚在一起，走街串户，放鞭炮、荡秋千、擂铜器、扭秧歌，看戏娱乐，嬉戏打闹。这种对辛勤劳作一年的人们的精神奖赏和生活犒劳，是最美好的年味。

年味是从喝了腊八粥之后慢慢升腾的。老人们说，喝了腊八粥，脑子就糊涂起来，人们忘了贫穷，便倾其所有购置年货，让年过得丰盛红火。事实确也如此，过了腊八，劳作一年的农人，一边赶大集办年货，一边自发组织起来，在大街扶起几丈高的秋千，搭起土戏台。能打铜器鼓乐者则拿起闲置了一年的铜鼓锣镲排练鼓乐，这些都不须花钱，要的是力气，但那种独特粗放的狂欢，别有一番风味，更让人难以忘怀。

腊月二十三是小年，趁着家家户户烙"发面火烧"的当口，在鞭炮齐鸣恭送老灶爷上天言好事的热闹中，各种因陋就简的文化娱乐活动开始纷纷登场，既是新年欢庆的预演，又是过大年的序幕。春联是新年最美的装饰。写春联是很讲究的，也最有文化。村里人会买好红纸，请读过书的先生撰写，谁家什么情况，想要什么，挥毫洒墨间，一副对仗工整的春联便信手拈来，迎喜接福的吉庆话语尽在其中，先生不收钱，得的就是一份人情和一份对文化的尊敬。

贴春联是迎春的最后一道工序，备足了吃的、用的，锅台堆满了烧柴，水缸打满了水，一旦贴上春联，一切进入静止状态，所有耕作之人包括辅助他们劳作的耕牛和工具，供农人吃的田地，供人们喝水的水井，供猎人狩猎的大山和猎枪，都不可惊扰。小时候觉得神秘，等长大了，悟出了丰富的文化内涵。在隆重的节日里，让所有和我们一起生活的伙伴，包括土地林木、山川河流、日月星辰，和我们一起进入欢庆的休假状态，这是对所有生命与事物的尊重，是对大自然的顶礼膜拜，也是公正平等的文明传承。

年夜饭场面最温馨，各奔东西、忙活了一年的一家人终于齐聚一堂，在一张圆桌上放下身份和地位，为人子女，为人父母，用最本色的自己说最想说的话，或倾诉，或报喜，真情地敬父亲一杯酒，给小孩夹一碗菜，尽情体验人间真情和天伦之乐。

鞭炮是贺新春的号令，大年初一，此起彼伏的鞭炮声，拉开了辞旧迎新的大幕。初一拜本家，初二拜岳家，初三拜亲戚，破五迎喜接福，直到十五闹元宵看花灯，才算过完年。过年的日子，除了串亲戚，就是可劲地玩，看大戏、荡秋千、扭秧歌，白天晚上尽情尽兴，过了正月二十，人们便在意犹未尽里回到了"日出而作，日暮而归"的生活循环。

现在的生活越来越好，但年味似乎越来越淡了，似乎少了旧时的某种情调。也许是生活太好，不再期盼过年的好吃好喝；也许是生活节奏太快、工作压力太大，本来想趁节假日休息而让过年的应酬给冲淡；总之，过年变成了一种不可不作的程式。多了几分应付，少了几分休闲；多了几分无奈，少了几分期盼。街上依旧拥堵，脚步来去匆匆，传统过年的那份礼仪和真情似乎无法完全释放，那种惬意闲适的年味似乎无法达到心理预期。

我想，时代总是向前而无法回到过去的，传统节日会随时代的脚步而增添新的味道。总之，春节是对未来的祈愿，是一种盛情，是一种渴盼吉祥、平安、团圆、长寿、富贵的表达，无论怎样过年，只要心中有美好的祝福，身旁有亲人朋友就行！

小城心得

　　我喜欢小城，与乡村比邻，与乡野接近，有足够的空间，有清新的空气。特别是能在繁忙之余，沿乡间小路独步，或静坐浓密树荫下的石头上，让思绪天马行空，让视线在田野延伸。即便夜里也能摸着黑远离灯红酒绿，夜行郊外，在浩瀚无言的星空下，聆听脚与路的心语。这种忙与闲的交错，可让压抑的心情瞬间调整到轻松自然的状态。

　　当然，充斥着现代气息的大都市也是美的，我并不拒绝，那里毕竟有时代的潮流与时尚。作为农村孩子，看惯了大山，喜欢自由，受不了拘谨。偶尔到大城市开开眼界、长长见识也是好的，但别太久，那种居高临下的高雅，对于习惯了乡村野调的我来说，总有仰望才可企及的感觉。丛林般的高楼，如同蝼蚁的汽车遍地爬满，足以让人窒息。拥挤中露出的狭小天空，总是灰蒙蒙的，太阳迷迷糊糊，即便晴天也不见蓝天白云。基本一样且纵横交错的道路和基本一样的林立楼房，一旦出门，便进了迷宫，让人摸不着北，如果稍不注意，很难寻回来路。

　　我所居住的小城，四面环山，山上长满树木，一条河流从城中流过，空气湿润纯净，誉为天然氧吧。独上层楼，目下山清水秀，俯视地下绿色，花红点缀，比邻河湖，水面如镜，野鸭戏水，空鸣鸥鹭。宁静而不闭塞的天然画卷，天然而不加雕琢的自然风景，对于大城市来说是不多见的。充满极大诱惑的环境，让大城市的人表现得极不自信，他们出门总是将自己包得严严实实，和山里人形成了鲜明的对比。

目前，经济急速发展的中国，在物质方面，城乡之间的差别正在逐步缩小，农村最尴尬的就是厕所和垃圾的脏了。记得洛阳的刘建邦老师写过一篇杂文《农村与城市只有一个厕所的距离》，就是对城乡差别的精辟认知。虽然厕所改革进行了多年，但无处排放的各种垃圾，依然是现在农村的困惑。

在小城居住，既没有农村卫生条件的滞后，又绕开了大都市闹心的拥堵。小城周围偌大的空间里，农人耕种着不同颜色的作物，随时提醒着一年四季的到来。在这充满了自由和想象的空间里，你可以任性而不会冲撞到任何人，一人在辽阔的田野中信马由缰，只要有闲，随时可以享受山林、小路这种独有的资源。

小城居住，妙在居中，一边是大城市，一边是农村，既吸纳了时尚与文明，又撒下了偏远和闭塞；既体味了现代，又保持了传统本真，从了中庸之道。在时尚里享受，在自然中修行。

喜欢小城，也许就是我的性情，放荡不羁爱自由、随性任意、不修边幅的那种；想见就见、想做就做、说走就走的那种；遇到拥堵就下车步行的那种。居住在我的小城，可邻水信步，可登山远望，醉美时，龙乡处，杜康村里，举杯问月，忧思全忘！

我喜欢小城，更爱我居住的这座小城！

电时代随想

　　如今，在我们的生活里，许多习以为常的活动，诸如开电灯、乘电梯、打电话、看电视等都离不开电，经常使用的工具也只有靠电才能进行。所以，这个电时代，电的重要性可想而知。一旦离开了电，定会茫然四顾，束手无策。

　　我自小生长在农村，是从驴拉磨、煤油灯时代过来的人。尽管享受着当下电时代的便利，但一直没有太过注意失去电将带来何种不可设想的局面，也未有过对电缺失的忧虑。直到真的发生了停电事实，我才意识到电在现代生活中的意义，进而产生了对电的畏惧。

　　昨晚，在电视屏幕上看到全城将于当晚 23 时至次日 7 时停电的通知。这种安排在休息时间的停电，由于事先有心理准备，也未带来过多的不便。第二天早上，用已经储存的少许净水做了简单梳洗，然后从 13 层高的住房走下外出晨练。按照通知提醒，我 7 时回家，电却没来，害怕爬梯，即使到家，也会因没电而无法做饭，因此就饿着肚子去上班了。

　　停电当然连带着停水，街上的早餐店大多打烊，一两个依然开张的店面人山人海，挤得水泄不通。无奈之下，我决定省下早点，径直去了单位。

打开办公室，除了没有空调外，由于所有的材料和信息全部在电脑里存放，没电无法打开，一切工作都将无法进行，工作基本处于停滞，其他工作人员也待在电脑旁，打字、印刷、批复、录入、转办等都焦急地等着电的到来。

在遭受停电的煎熬中，我才理解了电在这个社会的分量，才从心底感慨电力在信息时代的意义，同时产生了对电的恐惧。现在，我们的生活都离不开电，照明需要电，电脑电视需要电，风扇空调需要电，交通通信需要电，航空航天需要电，别说城市，就连比较落后的农村也是靠电的有力支撑才得以运转。如果离开了电，我们将无衣可穿、无饭可吃，我们将变成聋子和哑巴。若事先有准备，会比较容易应付。但如果突如其来，比如战争、天灾人祸，我们将怎么办？我们是否会在巨变发生后找到生存的办法？可能会，但恐怕会很困难！

2003 年，美国北部大停电，让人们体验到电对现代生活的影响。地铁停电，通信失灵，成千上万的乘客在黑乎乎的隧道里挣扎，摩天大楼的顾客被悬在半空，飞机无法通航，白天变得沉寂，夜晚更加漆黑。

之后，连续发生的英国伦敦大停电、丹麦和瑞典大停电、意大利大停电、智利大停电，一次比一次惊心，一次比一次恐惧，一次比一次损失严重。这些惨剧让我们见识了由于对电过分依赖所遭受的打击，也从中领略到了产业停顿、社会失序的惨状。

用电脑工作时，由于害怕信息丢失需要备份，但这种备份离开电的存在将毫无价值可言。在电时代里，我们首先所需要的是电的备份，我们应具备在电丢失的情况下，复原所有生活中应当运转的硬件和软件备份的能力。那样我们在电缺失时，才会坦然而从容。

由此，我联想到信息时代的国家安全问题，想到了大战在即无电的危机，也想到了原始的手电筒、煤油灯、发报机、油印机、打字机、模型地图，这些原始生活需要的备份现在还有吗？即使有，我们的后代还会认识和应用吗？

居安思危并非危言耸听，在我们所居住的地球，我们毕竟还不是霸主！

2012 年 7 月 20 日

赵老汉返乡

　　祖居深山世代耕种的赵守德，做梦也没有想到，如今居然住在城里几十层高的楼房上，过上了电梯上下、轿车来回、人人羡慕的生活。每每说起，他总是感慨万千。

　　改革开放初期，正值壮年的老赵不甘在深山糊里糊涂过一辈子，决定要给孩子们寻找一条通向幸福的道路，毅然带着妻子和两个女儿一起来到离家几百里的县城做起了生意。几年工夫，老赵就像他自己的名字一样，守着德、讲着信、靠着勤劳在县城盖了房子安了家，又添了一个期盼多年的男丁。大姑娘出落得水灵，被县城一小伙看上，小伙子虽没读几年书，但人机灵，经常在老赵家忙里忙外，姑娘嫁了，虽然在相貌上委屈了点，也算跳出山门在县城有了居所。二女儿正值豆蔻，初中毕业就辍学回家帮生意，有了二女儿的照应，生意不声不响地火，老赵茫然，也未深究缘由，放心将生意交她经营。好女不愁嫁，二女儿挑来拣去让一个公务人员娶回家了。

　　两个女儿出嫁后，老赵一门心思供儿子上学，生活过得滋润。老大女婿没有固定职业，经常和一些游手好闲者做一些投机生意，发了点横财。二女儿社交很广，职场上有很多朋友，看不起小本买卖，经常帮那些大老板公关，除自己挣不少钱之外，老公也在单位不断进步。这几年，二姑娘自己开始承包工程，姊妹两家联合开发，全成了腰缠万贯的富人，有了别墅，坐了轿车。小儿子也算福气，大学一毕业就在机关谋了一份让人羡慕的工作，并和高干"千金"谈上了恋爱，婚礼的豪华阵容，着实让老赵一家倍感荣耀，甚至连亲朋好友也有了背靠大树的惬意。

自此，老赵一家在这座小城也有了点名气，小儿子自不必说，两女儿的腰杆也愈发挺拔，不识几个字的大女婿也端起了架子。只有老赵两口子，见人总是笑眯眯地打着招呼，人们也总是用一种特别的笑作为回应，老赵觉得那种笑意，似乎有难以悟出的含义，是一种羡慕，还是一种轻蔑，老赵说不清楚。

小县城也学着大都市的模样长高了许多，一栋栋高楼拔地而起，小区里的暖气等一应俱全的设施与物业服务吸引着稍有地位的人们，老赵开始心动起来。女儿看出了老人的心事，就在同一个小区购买了三套房子，三家各一套。从此，老赵两口的甜蜜笑容和他们子女忙碌的身影，便成了这个小区最引人瞩目的一道风景。

一天晚上，老赵一个人散步，河堤上有看不清楚的一群人在饶有兴趣地说着闲话，好像是说某女的作风问题，老赵隐隐听得有一个赵字，就停下了脚步。"你看人家老赵，从山上下来，凭人家姑娘的姿色，在县城发展得咋样？人家姑娘和某某相好多年，包工程做生意，挣了不少钱吧！孩子安排也不用愁！"另一个接着说："老赵也不吃亏！姑娘和人家相好，人家的闺女不也嫁到他家了嘛，一个换一个！""听说当时不愿意，多亏二姑娘从中加了一把力才算成了！哈哈哈哈……"

老赵不知道说话的是谁，也没脸去追查是谁，一种羞辱的感觉让他无颜面对任何人，幸好天黑，谁也没有看到他。老赵不知道是怎样离开那个地方的，他头脑发蒙地回到家中……

　　第二天，老赵因病住进了医院，一住就是一个多月。医生查不出老赵的病症，孩子们也无从知晓。只有一样，老赵拒绝将住院之事告诉亲朋好友，他想在这个城市消失。

　　出院之后，老赵告诉子女想家了。他将孩子叫到跟前说："人活七十古来稀，在城里这么多年，现在你们什么都不缺，天天像过年，我有点想家了，想回到清静的地方享两天清福!"儿女们一头雾水，万般劝阻仍无济于事，于是，答应将老家房屋修缮后将二老送回老家。

　　离开县城的最后一顿饭，是老赵和老伴亲手做的，没有鸡鸭鱼肉，都是一些粗粮野菜。饭桌上，老赵告诉孩子们爷爷给自己起这个名字的用意。"咱先几辈人仁爱有信，吃苦出力不怕，就怕歪门邪道让别人戳脊梁骨! 你爷爷为了不让我忘本，就给我起了这个名字，让我守信守德。人在什么时候失了德就一文不值了!"孩子们都很孝顺，看父亲很认真，也就不停地点头表示记下。

　　老赵深山里的家，多数村民现已离开，留守的大多是一些老人和儿童。老赵回家受到热烈的欢迎，在这熟悉而淳朴的土地上，他的呼吸顺畅了许多，他感到一种从未有过的安全感，在一种踏实的感觉中找到了轻松和愉悦。

岁月的温度

　　一个天然园子，有汝水滋润着，各种树从地上长出来，果子灿烂地挂在树梢。地上满是绿色，开着五颜六色的花，鸟兽虫鱼悠闲其中。其实，这不是上帝造的伊甸园，更像外国小说描写的庄园或童话王国。有田园、农舍、远山近水、亭台楼榭，当然，还有一栋美丽别致的公寓，那是专门为冰儿预备好了的，因为她是这个园子里的公主。

　　在这样优雅的环境里，冰儿自然是不会像其他农村孩子那样天天去割猪草、掐野菜的。尽管她也和他们一起上学，一起玩耍。而这些对于冰儿，也许只是一种情趣。在这园子里，冰儿度过了她快乐的少年时代，并让少女的春思开出花来，之后，便开始了恋爱，再之后，就把家安在了这个温馨的庄园。

　　冰儿温文尔雅，爱清净，喜欢一个人看书。她常在园子散步，当然是漫无目的毫无目标地插着兜，无所事事地闲逛那种。有时，也寻一方树荫，闲适地坐在石头上，静静地若有所思；有时，伫立桥边，悠然凝视水中倒影在涟漪中晃动。她也常在这个庄园与十二钗对话，不过，她与十二钗的对话是单独的，从不让外人打扰。因为，她已经和那些雅致的女子融在了一起，和她们一样轻柔，一样斯文，一样文采风流，在仅限几个人的圈子内，吟诗对联，嬉笑追逐。露珠儿轻轻吻着花瓣，偶有羞涩的风儿走过，带来几丝淡淡的花香。此时，她会戴着柳丝做的草帽，戴着野草编织的指环，用双眸感受蓝天深邃的宁静，让阵阵战栗传遍全身，让思绪从心里涌现，像温馨的气息从阳光下的青草上飘起，倾听泰戈尔对大自然与生命的痴爱。

随她进入园子，你会慢慢融化在一种安闲恬淡的意境之中，你会沉浸在她用纯洁、友善和空灵，用水晶般的纯真和晶莹剔透的单纯砌出的文字宫殿里。冰儿自称是码字帮的一员，她是用文字将这所宫殿码出来的。这是她的闺房，是她心灵的归属，也是她灵魂的寄托。在她的文字殿堂内，她用纤细之手将梧桐细雨、绿肥红瘦织成经纬，让这个世界的细微情感彰显在柔美的童话里。然后，温文尔雅地《送你一束红玫瑰》，依然天真地《与你一起去看海》。她是一个幸福的人，这点幸福感是她用心灵感受出来的，在别人看来也许她不算幸福，她却感到了生活的满足。她就是在这样对生活的品味中，惬意地生活在如同大观园的园子内，将生活琐屑和情感心迹用委婉的文字描摹出岁月的温度。

《岁月的温度》是冰儿结集出版的第三本散文集。她以记者的视角、作家的思维娴熟细腻游刃有余地将包罗万象的多情世界绘成一幅幅唯美清新的画面。展卷视之，柔柔的，暖暖的，这种从地面上生长出来、从情感中涌流出来的温度，让读者在温馨和甜美中得到对生活本质的感悟。

谁在吹着岁月的箫？悠扬的箫声，只有太阳与月亮知道。当然，也有风，也有雨，也有雪。只是，那门楣之上的霜，已经长成了带着色调的睫毛，忽闪忽闪地放着光，一如桃花，妖艳地开了，又谢了，唯有岁月的温暖如一幅远山的水墨在心中定格！

时间以光的速度消失着，我们奔走在这条路上，除了衰老，还有什么？对于这个园子里的冰儿和进入这个园子里的我们，除了衰老，还有那些带着岁月温度的文字记忆和记忆里的优雅印象。

2017 年 7 月

惠子的人生"野意"

临河的稻香村西边，有一座白色楼房掩映在杨柳绿风之中，那就是惠子的家。

惠子和缪斯一起同住在伊河之源，他和心中的女神在不同纬度的时空隧道里，进行着诗情画意的对话。有时，他也和冰心、泰戈尔一起在荷塘散步，且闲话着提灯的流萤；有时，他还和罗兰、张爱玲一起在兰亭品尝云片糕，且对饮着香茗。惠子喜欢书画和写作，有自己的书房和画室，美其名曰"听伊轩"。他的门扉始终敞开着，乡邻文友常来光顾，有朋友也时常自远方来，那时，酒自然不可缺，杯子一一满上，或猜字行令，或传牌逗趣，或石头剪子布。然后，天南海北信口胡吹，直喧闹到天亮。当然，也有清净的时候，他会沉浸在书海。有时，也会走出"听伊轩"，沿着伊河，迎着晨曦，踩着薄雪，踏着晨露，或旷野，或山林，或崎岖山道，或田间小径。他也经常和他的强子一起骑行于三川之上，采集着他的"野意人生"。

《野意》是惠子的散文集。仅就其书名，即可窥见文人情结之一斑。他的散文笔法细腻，情感丰富，构思别致，文字老到。

深入其中，心境犹如在一片空旷的原野里，沐浴着清风中的恬适；亦如通幽曲径中倾听情人的呓语，在花前月下娓娓道来。他的诗文，通俗中充满含蓄，平淡中富有哲理。流连其中，仿若行走自然，那种返璞归真、隐居山林的雅士意趣在心灵深处生发。然而，在惠子看来，这是刘姥姥带给大观园的一种新鲜，至于自己是很想吃鱼肉的，只是吃不起而已。当然，这只是他的自谦。

　　的确，《野意》写的是乡下的瓜、果、菜之类，然而，正是这些生长在山野之外、极其普通而又极具生命力的物种，让惠子先生产生了强烈共鸣。他小心而又谨慎地将这些匍匐于地的生命捡拾起来，置于文学的高地，让读者阅尽人间春色，识尽俗世风情。与之产生共鸣的，不仅仅是惠子，我亦如此。每当我行走田间地头或者荒郊野外，当看到那些并不起眼的事物时，就会情不自禁地停下脚步，甚至学着它们的样子匍匐在地，近距离地和它们进行情感的交流，进行着心灵深处的对话，那种天人合一般的亲近，让我一次又一次地思索生命的本质。

　　惠子先生是亲近自然的，这一点毋庸置疑。除了自然，还有的就是人情。惠子的《野意》不野，意趣深邃，人情浓重。爷爷、奶奶、父亲、母亲、村人、朋友，那些陈年旧事一幕幕在他多情的笔下徐徐漫卷，情感之深让人难以释怀。惠子用情阅读《乡村》，就像他父亲用情阅读麦子一样，抓一把看看，让黄澄澄的麦粒从指缝间滑落；再抓一把闻闻，让麦香沁人心脾；再抓一把塞进嘴里咀嚼，在一份收获的满足里微笑……正像惠子先生说的那样，在阅读《村子》中，读出了长城的巍峨、黄河的雄浑……

　　好的文章是土生土长出来的。惠子的诗文生活气息很浓，那是乡土熏出来的。生活中的点滴，经他灵魂过滤之后，用朴素的文字上升到令人感悟的高度，达到形散而神聚的最高境界。

因此，我说惠子的《野意》散发出了文人的狂放与豪迈，是漂浮于伊河岸边的流影，是驰骋于河洛之乡的意趣，是深植于故土的真情！

2017 年 6 月 26 日

诗人的高度
——读《无题（外二首）》

　　思想者的诗歌，只有以思想者的思维才能读出诗人的高度。作者是一位思想者，同时也是一位诗人。《无题（外二首）》是作者站在思想者的角度，以诗人的身份，将生活中的司空见惯，以诗歌形式展现在读者面前。细品诗境，会悟出其对生活的敏锐发现和独特思考。

　　"生活的熏陶/让/惯性与从众/渗透骨髓/我一次次在梦醒之后/呼唤灵魂的回归"。

　　既平常又容易理解。惯性是物理现象，从众是社会现象。惯性来自大自然的引力，从众来自社会的熏陶。越是高等动物越容易驯化，人是世界上最高等、最具智慧的动物，当然也是最容易被驯化的动物。生活在社会上的人，都会被周围环境、传统文化和习俗潜移默化。这种心理暗示效应，可以深入骨髓，左右人生。接下来，"我一次次在梦醒之后/呼唤灵魂的回归"就开始让人思考了，这是对"惯性"和"从众"的思考，甚至是一种怀疑。人类社会是善良与丑恶、真理与谬误并存的复杂的矛盾体。在人类社会发展进程中，不免会出现令人不满的东西，那些传统中也有一些腐而不朽的东西，不仅束缚了思想，还扭曲和颠覆了个性。显然，作者对机械而不加扬弃全盘接受的"顺从"和"惯性"心理是不满意的，因此，才有了他"梦醒之后"的振臂一呼，"呼唤灵魂的回归"。所谓"梦醒"实际是对"惯性""从众"的反思，所谓"灵魂"我以为就是真正的自己。作者千呼万唤，其目的只有一个，就是让每一个个体回归自己。读到这里，诗歌的境界才露出端倪，我们才感到"呼唤灵魂回归"的意味深长。

"我在路上沉醉／自以为独辟蹊径／其实／是在他人走过的路上／重走了一回"。

作为思想者，有了反思，就会有所行动，很显然，作者对生活反思之后还进行了一番尝试。当他为自己独辟蹊径的努力沉醉得意时，突然看到自己依然未能突出"惯性"和"从众"的重围，发现自己"是在他人走过的路上，重走了一回"时，是多么的尴尬啊！

生活是现实的，改变自己是不易的。麦卡锡在《平原上的城市》里有一段话："人们常以为他们可以对面临的问题自由地做出选择，其实，他们只能在给定的前提下做出选择，而在世世代代形成的巨大迷宫中，你的所有选择都身不由己。在这个迷宫中的每一个举动本身又都是一个新的束缚和限制，因为它不但排除了其他的不可能性，而且更牢固地依附在构成整个生活的那些限制条件上……"诗人对社会的认识和麦卡锡是一致的。

在固有的生活模式里，试图改变自己的思维和行为方式有时是徒劳的，但这不是绝对，决定因素在于自己。诗人的内心是柔和的，他是一个思想者，也是一位顺从者，这一点在接下来的

"我知道/自己/已被塑造得细长精瘦/除了已有的/一无所有"可以得到证明。什么是"已有的",我以为是被熏陶的东西,除了这些什么也没有。但作者渴望自由平等并有尊严地活着。

可以看出,作者的思想是活跃而不甘寂寞的。《山顶的风景》表现出了他的仰望姿态。"我登上山顶/试图放下沉重/而云朵还在我的上边/在天空轻盈。/云卷云舒/是云的个性/而我始终立于地面/只有仰望/飘逸的云/明亮的月/闪耀的星。"《猜灯谜》则表现出了自责,"谜面上/看不清蛛丝马迹/绞尽脑汁/依然弄不懂规律。/一个英俊少年/指点迷津/笑我呆板/没学会/举一反三"。

罗曼在中国诗歌网谈何谓诗歌的正义性时认为:"诗性正义"可以归纳为凭借诗歌的敏锐观察和情感共鸣触发人们对万物的普遍关心,特别是对被遗忘的、边缘化群体的关注,能够弥补通常以经济功利主义划分阶级、忽视个体的缺憾,进而获得对日常生活、社会环境乃至世界的整体认识。另一方面,也意味着社会上种种不公正现象的存在……现代诗歌的发展已形成异彩纷呈的姿态,何谓好诗歌,见仁见智,但写作归根结底是对现代生活、历史文化的反省与考量。从这一点看,作者的诗歌不失为思想者对生活的一份思考。

诗歌的含蓄之美

——《春之情》赏析

　　风/以素手的轻柔/拉开了窗的目光/用一个视线的长度/丈量/春情的/含苞待放/抚摸/沉醉宋词里的婉约。花蕊/依在/推开的/窗棂之下/守望/透过凝脂般的光亮/让丝丝懵懂的遐想/在一页洁净的天空里/摇曳/悠扬。你/终于将/蛰伏一冬的情感/植入粉红的花瓣/以五彩缤纷的姿势/亭亭玉立枝头。小鹿/惊慌失措/迷失在/一枝红杏花前/狂奔的声响/震裂了那个字的分量/花露/润湿了/深藏于心/孱弱薄翼的纸张。

　　诗，应该含蓄一些，才能给读者留有丰富想象的余地，才有意外之意、味外之旨，才能产生"咏之者无极，闻之者动心"的艺术效果。艺术的妙绝，常在其委婉含蓄。它要求作者把思想感情表达得深沉细腻，运用各种旁敲侧击、寓意双关的笔法，收到含而不露、弦外流音的效果。《春之情》就是用这种含蓄，表现了诗歌的艺术之美。

　　春天，是花开的季节，也是朝气蓬勃的季节。《春之情》以拟人的手法，借用春天之美，写出了春季的情思萌动和青春期的纯洁曼妙。

《春之情》全诗共分四个段落。一开始作者就用"设比兴而以草木方人"的拟人手法，为无知无情的春天赋予了人的思想感情。在第一自然段的开头，作者抓住了花季的情感信使——春风，用春风轻柔的手，掀开了蒙在春天这位矜持、柔情而靓丽女子脸上的神秘面纱。眼睛是心灵的窗户，笔者通过"拉开窗的目光"，让读者从一双明眸中，看出这个含苞待放、妙龄少女的清纯与高雅，从含蓄的描述中，想象出这个季节的香软艳丽。

　　宋词是寂寞凄苦的代名词。提起宋词，人们就想到了婉约，联想到了幽怨和相思。宋词如纱，如袅袅轻烟，是一段剪不断理还乱的闲愁，如老松柔树，临风伴月，如烟波浩渺，深微隐幽。宋词的美，贵在最能触动人心底的柔软和感伤，勾起无数遐想，使那种愁苦萦绕心头久久不散。诗人通过有意触摸宋词的感觉，引导读者恍若置身于青石小径，看到一个个才子佳人，带着浓浓的沁香，从书卷、典故中，着一袭艳丽的绸衣，款款而来。

　　为了更形象地描述潜滋暗长的相思之情，诗人在第二自然段里，用含苞待放花朵的初放过程，进一步让情思无限地放大。诗人将花蕊喻为青春少女，在花瓣包裹着的花房里翘首企盼爱情的情景，表达出这位少女对爱情的渴求。可以想象一下，在花瓣还未打开，抑或刚开了一条缝隙，一束温暖的阳光透过花瓣照进房间，那种感觉是多么温馨呀！在凝脂般的光亮里，倚窗而望的花蕊终于探出头来，看到了这个精彩的世界，并将守望许久的情怀释放出来。当然，这种对爱情的追求是含蓄的，令人沉醉的。诗人通过"依""推""望"一连串的动作，细腻地表达出了这位少女情窦初开的心境。

　　"满园春色关不住，一枝红杏出墙来"，含苞待放只是一个过程，花儿总是要开的。她终于将蛰伏一个冬天的情感，植入了粉红的花瓣，以五彩缤纷的姿势亭亭玉立于枝头。青春的绽放，就是春天的格调，就是春天的美好。

"小鹿触心头"，形容因为害怕而心脏急剧地跳动，出自清翟灏《通俗编·兽畜》："为帝迫于斯，见之汗湿衣襟，若小鹿之触我心头。"后诸多名著都用它形容女子遇到情事时内心的忐忑，也用来描述男女之间恋爱遇到喜欢的人的心情。诗人在第四自然段里，也这样描述了萌动的春情在被轻轻触碰之后的羞涩心境。小鹿狂奔的声响，震裂了什么字的分量，什么字能有这样的分量，这么让人发狂，答案只有一个，那就是爱情！但这位女子毕竟是矜持的，爱情没有使她达到疯狂的地步，她依然温情缠绵，富有理性，并以情书的方式，将内心的情感倾泻在一浸就湿的纸张上，让爱情变得光亮而透明。

通篇看来，《春之情》情感浓烈但不失矜持。诗人将热烈的情感植入春天的景象，既写出了春天的景色，又抒写了对爱情的渴望，让含蓄之美融为诗的灵魂。

2013 年 12 月

父母赋

父母者，子女之伞也。母为遮雨布，父为撑盖杆。子女者，父母之心肝也。为子为女，甘愿遮风挡雨，陪伴万水千山。

父母者，子女之渡船也。母为船之舷，父为风之帆。子女者，船上乘客也。为子为女，随风漂泊，历经艰难。无论激流险滩，劈波斩浪，驶入彼岸。

父母者，阖家清泉一眼，冬日温暖，夏日甘甜，本正源清，长流不断。取之不竭，用之不完。子女者，驻守泉边，滋润沐浴，常饮不厌。

父母犹如房屋一间，母为围墙，父为檩梁，檩梁撑起房顶，围墙避雨挡风。父母亦如马车一驾，母为车厢，父为辕马。长途跋涉，不畏雨雪风沙。

有车不畏千山，有船不惧万水，有房能栖身，有伞可遮雨。父母健在，子女绕膝，夏日凉爽冬日暖，秋如春天成诗意。离去常伴送别时，相隔万里情相依。船游四海有港湾，儿行千里有归期。父母健在，子女长成虽立家，长辈屋檐亦常聚。父母千古，子女离散，千里难寻旧时景，相见时难别时易。

夫天者，人之始也；父母者，人之本也。世间人伦，父母最亲。父母者，无论为官为民，唯为子女，别无二心。父母德，江河同深。父母恩，泣鬼感神。

呜呼！父母者，为其子女穷其一生，然子女则不及十之一二。哀哉！子女众众，老而难依，更有老人，惨惨戚戚！

但凡人生，皆先为人子女，后为人父母。然天下父母子女身份终有轮回，唯有爱子之心，世世代代，如出一辙。

如若天下父母子女皆公明，为正视听，自由平等，才可利于孝道传承，达到天下和谐。

世间忠孝者众多，大逆不道者寡，为唱念父母之恩，特作此文！

祝你生日快乐

晚上散步回来，刚坐在书房阅读，电话响了，是女儿打来的，女儿差不多隔几天就给我打个电话嘘寒问暖。

"爸！在忙什么呢？"

"没忙什么，在书房看书呢！"

"你知道明天是什么日子吗？"女儿带着一点神秘问道。我犹豫了一下，不假思索答道："不知道！有什么特殊吗？"

"爸！明天是我的生日！都三十岁了！"那边带着一点嗔怪。我马上为自己的疏忽遮掩："我只记公历了，农历不大好记！我知道你的生日是 4 月 26 日。"一边回答一边去看台历，今天公历 4 月 24 日农历三月二十八，公历和农历仅差一天。我赶忙带着歉意虔诚地向她祝福："那我就提前祝你生日快乐了！"我虽看不到女儿的表情，但我还是感到了她的满意。

瞬间，我的脑海出现了女儿从嗷嗷待哺到蹒跚学步，从幼儿园到小学、中学、大学，再到参加工作、谈恋爱、结婚、生儿育女三十年弹指一挥间的幕幕画面。

一路走来，有苦有泪，有感动有快乐。虽然我们也会错过很多东西，但我们没有错过春夏秋冬，没有错过我们在一起的点点滴滴。就是这些看似平淡无奇的事物构成了我们生活的美丽和生命的精彩……

快乐是什么？林肯说："人快乐的程度多半是自己决定的。"不快乐是因为生活与预期不符。

第二天，我特意给女儿发去信息，正式向她表示祝福："祝你生日快乐！生活幸福!"这是我发自内心最真诚的祝福。

父爱，从汝河桥上通过

天天绕膝、厮守怀抱的儿子小学毕业了。征得我同意，他选择了距家三公里且相隔一条汝河的寄宿学校——县实验初中。

开学那天，我和妻子领着兴高采烈、摩拳擦掌的儿子，带上为其住校准备好的生活用品到学校报到。

学校大门敞开，老师满脸笑容，说话柔美亲切，让新入校园的学生以及他们的家长感受到了特有的温馨。

按照导示图，先到所分班级报到。然后去事先安排的宿舍铺了床，再到食堂买了饭卡，留下一点零花钱，随后便是他妈妈的千般叮咛和万般嘱咐。

"记住，要听老师的话！遇到自己解决不了的事情，一定先报告老师，然后和家里联系！"

"好，知道了！"儿子不假思索迅速做出应答，既爽快又很认真。他的表情让你感到，他是真的知道了。

"你们走吧！"充满新鲜感的儿子就像一个打开笼门飞出的鸟儿，快乐地融入了那个自由飞翔的鸟群，他三番五次地催促着我们赶快回家。我们依依不舍地离开了校园。

晚上，吃饭的只有我和妻子两个人，此时，学校的儿子也肯定在和同学们兴高采烈地吃着并不很好的饭菜。但他肯定是快乐的。可是现在，我们有点空寂，晚饭在不很习惯中默默无声地用过。

吃过晚饭，我一个人照例散步，平素大多是沿着汝河堤岸行走的，但在那天晚上，刚出家门，眼睛就不由自主地朝向了儿子学校的地方，脚步也像是接受了暗示，有了明确目标一样，顺着视线延伸的方向缓缓前行，径直通过汝河大桥，向实验初中走去。

学校教学楼的灯光明亮，教室很静，远远望去，好像有一种久违的亲切感觉，因为我曾是一名老师，但今天这所学校对于我更觉得充满希望。我能感觉到，此时，老师正在为这刚刚离开家庭的孩子讲解如何在学校独立生活，如何努力学习报效国家和家人。可以想见，灯光下儿子注视老师的眼神……不愿再打扰这份宁静，伫立片刻，我就离开了。

走过汝河大桥，我在沉思中忽然下意识地笑了，我笑自己不自觉地走到平时不曾踏足的地方。我想，这就是上天赐予的亲情，这种与生俱来的亲情，也许是一种牵挂，也许是一种惦念。我不知道具体惦记什么，牵挂什么，但我知道，通过大桥的是一份天生纯朴的父爱！

与子书——手·脑·身体

吾儿佳琦：

见字如面！

转眼之间你已经走进军营四个多月了，想念无时不在，心疼无时不有，牵挂无不在心。但我们都是谢家的男人，男儿有泪不轻弹！

你让我给你写点什么，从这一点我就感觉到了你的进步，因为在家的时候，我的叮咛和嘱咐变成了无休无止的唠叨，而在分别了四个月之后的今天，你便有了和我说话唠嗑的意愿，这肯定是进步！你可能没有感觉，但我懂得，你长大了，慢慢懂事了。你在这么短的时间能有如此大的进步，让我感到高兴，这正是我和你妈让你到部队锻炼的目的！

我是一个经历了很多挫折和艰难的人，我的人生没有像你今天这样充满阳光和风花雪月。我从贫困的农村走到城市，从一个老师到一个法官，从一个文学爱好者到一个业余作家，走出了一条乡村孩子不算成功也不算失败的羊肠小路。虽然没有功名，但也衣食无忧。我对我的人生从不奢望也不满足，很多时候是艰难

118

的反省。我总想将这些人生成功与失败的经验进行总结，让你们不再走我这样的弯路，让你们心情高兴而不像我们整日充满着烦扰。因此，当你邀我和你说点什么的时候，我不知道应当和你说些什么，因为，我的话题很沉重，让人听了压力会很大，这就是我不想和你多说的原因。

既然说了，那就展开一点吧！

小学课本里有这样一句话："人有两件宝，双手和大脑，用手能劳动，用脑能思考。"这里很明确地说明了人生必需的两样东西：双手和大脑，这两个东西相辅相成缺一不可。只要具有这两样，就具备了创业的条件。要想成功，首先是手巧的问题，要想手巧，必须勤快，喜欢动手，不要懒惰。就像你在部队打背包叠被子一样，都需要心灵手巧。你不会，或者做得不好，说明你平常没有对手进行锻炼，现在就需要补补练手这一课。这个不算太难，只要你有手，肯定会动手，你缺少的只是毅力和坚持，缺少的是勤奋和不懈。只要不怕吃苦，肯定没有问题。你从一个不会打背包叠被子到做得不太好再到好的过程，就是一个锻炼的过程，有了这一次经历，今后再遇到这样的事情就难不倒你了。这是你的经历，也是宝贵财富。

大脑就更重要了，大脑是知识的宝库。在生活中，你会对周围的环境、人群以及这些人与你的关系进行思考，在思考的过程中，你的大脑学会了观察，学会了模仿，并开始对比。人家有的，我为什么没有，人家会的，我为什么不会，人家是如何做的，我是如何做的，他们和我有什么不一样，哪些是好的、应该的，哪些是美好的、应当向往的，哪些是丑恶的、应当删除的。有了这种思考，你就是一个明白人，你就会在这种对比中取长补短，完美自己。

世界上虽然存在着聪明人甚至天才，聪明人当时就能回答的问题，对于不太聪明的人可能需要两天时间，但也一定能回答正确，并且更加完整。所以，不同智力的人只要努力，都能到达同一个目标，只是付出的劳动和时间长短不一样而已。就像 1+1＝2 一样，聪明人立马回答出正确答案，不太聪明的人可能会在第二天得出。所以任何事情，只要你有毅力能坚持，就一定能行！佳琦吾儿，你也一样，能行的！

有了技能和知识（手和脑）依然不行。你首先记住的是，人生最重要的、最本质的还是身体！这里的身体指的就是健康有力。身体是上天赋予的神圣精灵，应当珍视和尊重。人生苦短，身体第一，任何幸福没有好的身体就变成了痛苦。一个好身体既是立身之基，又是幸福之本。切记！切记！

在郑州上学时，你有点痴迷电脑，熬夜多了就透支身体，看着你那消瘦蜡黄的面容，确实让我着急。当时我和你妈整日都在讨论着这个让人心焦的问题。我们想：如果像那样上几年大学，学到了一些知识，但把身体给搞垮了就得不偿失，如果那样，定是追悔莫及。就这个问题，我反复和你交流，征得你的同意，在你还没有完成大学学业的时候，让你提前走进部队这所革命的大学校，在另一个环境中，经风雨见世面，得到锻炼。

我没有当过兵，这是人生的一大缺憾，但我知道解放军纪律严明。在军营，你会得到严格的体能训练，你会接受正规而严肃的智能启蒙。在这所大学里，你会锻炼出一个强健的身体，同时还会懂得很多道理。有了好的身体，有了对人生观的正确思考，即使回到地方，即使再回到学校，你也会很理智地对待面前的一切！所以，你应懂得我们支持你去当兵报效祖国的良苦用心。

以上我说了三个重要问题，就是手（技能）、脑（知识）和身体。这里身体是第一，但反过来，仅有好身体也是不够的，在有了好身体之后，还要学习知识，还要有一技之长，那样才能成为生活的主宰者。这个问题你慢慢考虑，等两年之后，你明白了事理，并有了自己的主张之后，再接着讨论。

最后和你谈的一个问题就是快乐。幸福人生的体现就是快乐，古人将"洞房花烛夜，金榜题名时。久旱逢甘霖，他乡遇故知"称为人生四喜并不为过。但我说的是，只要你感觉自己所作所为都是心甘情愿的事情，那也是一种快乐。想要快乐，就要实事求是，不要好高骛远，要根据自己的实际制定自己的目标，循序渐进地提高和进步，既不要放任自己，也不要有太大的压力，先从自己喜欢的一点做起，积少成多。有一点成绩要发扬，有一点缺点及时改正，开心每一天，快乐每一天！

看到你的进步我真的很快乐！那我就在祝福你天天开心、天天进步中，与你来一个热烈的拥抱吧！

代我向你的领导和战友问好！感谢他们对你的帮助！

我将我写的三本书给你寄去，看看也可，毕竟展卷有益！如果你们连队需要，明年去看你的时候，我给你们部队捐赠一些！

祝你吃好喝好不缺营养，坚持锻炼身体成钢！

心想事成，天天开心快乐！

2015 年 1 月 22 日

与子书——做好自己

佳琦：

　　你好！

　　时光荏苒，岁月如梭，转眼之间，你到部队已经有一年五个多月的时间了。你也已经从一个不满十八岁的孩子成长为十九岁的大小伙子。自你入伍至今，我和你妈无时无刻不在牵挂和想念，特别是在新春佳节到来、家家户户鞭炮齐鸣迎接新年的时候，这份想念更加剧烈，那是作为父母的一份深厚而浓重的血缘情感，只有作为父母才能体会。

　　让你到部队锻炼的原因你应当很清楚，在你成长的过程中，作为父母的付出，以前你可能不懂，但今天你应当理解。请原谅我对你的严格甚至刻薄，那是作为一个父亲想让自己孩子独立自强的心愿。我知道你现在很想进步，万丈高楼平地起，进步不会一下子飞速发展，但只要有耐心，有坚持，有恒心，有吃苦的心理准备，有在困难面前咬紧牙关的信念，肯定会达到你想达到的结果，因为你很年轻！正如当下的春天，刚刚发芽，刚刚出现一片绿色，只要汲取营养，一定能开花结果。因此，你不可一日不作为，不可一时有懈怠。

以前说的不想再有过多重复，如果忘却，可翻阅我给你的信件。在这里我想强调的是"做好自己"。

生活不相信眼泪，在生活面前，一切眼泪都于事无补。眼泪最多换来他人的同情，同情归同情，任何人的同情都不能代替你去完成本应由你自己完成的一切。自己的一切只有通过自己的努力才能完成。因此，只有做好自己，才能完成生活赋予自己的一切要务，才能完成人生学业。

做好自己，要有自信，有目标，有坚持。你的薄弱环节就是缺少自信，没有目标，也少了一些坚持。最主要的是放任自己，对自己宽容，不够狠心。你可能恨自己，但过一段时间，就会淡忘了自己的缺点。最简单的例子，就是你和网络的关系。网络是现代科技进步的工具，你能学会电脑，并能在网络上如鱼得水，说明你很聪明。但怎样利用和发挥自己的聪明才智，是你的选择。网络上有很多可以利用的东西，也有很多让人迷恋让人陷入泥潭的东西。如果你选择了好的东西，譬如电脑制作、电脑阅读和写作等，就会让你更加聪明。如果你痴迷游戏，就会耽误学业。你应当知道，人生最大的敌人就是自己，只有战胜自己，坚持学习知识，也就离胜利不再遥远。当兵一年多来，你进步很大，我相信你一定会克制自己，让自己发出光来！

那么，怎样才能"做好自己"呢？

告诉你一个见效最快的简单方法，就是别"贪大求全"，要"做好当下"。

不要贪大求全，就是一下子别学太多。因为有好多东西自己不会，一会儿做这个，一会儿又去做那个，这样眉毛胡子一把抓，结果什么也没有学好。"做好当下"就是把眼前急需要学好的东西认真做好。譬如，在部队，今天训练跑步，你就将跑步做好，不达标就坚持锻炼，直到达标为止。同时还坚持不懈地锻炼保持合格。明天训练投弹，你就一门心思学习投弹，心无旁骛地专心学习，直到达标并且保持。每一天都有新的工作，你将每一天的工作都做好了，这样日积月累，你就丰富起来了。就像学习汉字一样，只要每天坚持学习，你就会成为一个汉字学家了。任何人的知识都是这样日积月累起来的，没有天才，只有坚持不懈的努力。"当下"就是眼前的事情，做好了当下，你就做好了自己。只有做好自己，才让人尊重。

慢慢来，别着急。一天学不会的东西，两天学会也好，只要每天都在学习和进步，不怕我们会落后。

别有负担做事，要在充满信心中愉快地做好当下，要战胜自己，当自己偷懒时，要对自己狠一点，别放任和放纵自己。那样就会在快乐中取得进步，不信，你可以试试！

学会每一天应当学会的东西，就做好了当下，也就做好了自己！

顺祝工作愉快！

2016 年 2 月 19 日

跌落神坛的骗子

—— 从刘弘章、张悟本到李一所想到的

当人们在拥有票子、房子和车子享受温暖和幸福的时候，也觉得失去了一些东西。人与人之间、人与社会之间似乎缺乏应有的沟通和理解，社会出现了一定的信任危机。

三鹿奶粉事件发生后，我收到了朋友转载的一则短信说，"中国人在食品中完成了化学扫盲：从大米里我们认识了石蜡，从火腿里我们认识了敌敌畏，从咸鸭蛋、辣椒酱里我们认识了苏丹红，从火锅里我们认识了福尔马林，从银耳、蜜枣里我们认识了硫黄，从面粉里我们认识了食用胶和增白剂，从木耳中认识了硫酸铜，从大肉里我们知道了注水、生长素和瘦肉精，今天三鹿奶粉又让同胞知道了三聚氰胺的化学作用"。我佩服短信作者的细心和勇气，让国人在遭受一番讽刺和羞辱之后，来共同呼唤良知的苏醒和道德的回归！

我是"大度"之人，对周围充斥的假冒伪劣常淡漠视之，这种大度是出于一种无奈。当听到人们警告身边的危害时，我就说："如果处处事事警觉和害怕而拒绝饮食，人怎么生存？在无力应对虚假时，只有糊涂地活着，最多只是叮嘱自己小心上当！"

这是一种妥协，也是对社会信任失衡的无奈。

失信的社会里，走上神坛的多是魔鬼。一旦欲望冲出道德底线，邪恶的东西经过精心打扮和巧妙伪装便堂而皇之地走上风光的前台。

前不久，"太医后人"刘弘章、"神医"张悟本等一个个走上神坛的名人先后被揭开面纱，露出地地道道的江湖骗子面目而跌落神坛。最近，又一个"养生大师"，重庆缙云山绍龙观住持、中国道教协会副会长李一被揭假造"神功"，一夜间从"神仙"宝座跌落。

为什么欺瞒社会的事件接二连三发生，为什么有了警觉后的消费者还要继续上当？到底是何人把这些江湖骗子拱上了神坛？这难道不是人们应当深思的问题？

李一的"养生秘诀"流行最广的是"辟谷防癌疗法"，即在一段时间内，只喝水，不吃任何食物，短则三天，长则七天，辟谷期间，配以咒语和功力，打开"中脉"，令头顶骨自行裂开，可采天地灵气。这故弄玄虚的"养生秘诀"，既可笑又荒唐，显然属江湖邪术，卸去包装，不过是拾人牙慧，这与先前倒下的"排毒教父""食疗专家""太医后人"等江湖骗子异曲同工。

仔细分析，这些骗术不算高明的"江湖神医"的茁壮成长，说明有滋生他们的条件和环境。他们之所以走红神州，直至跃升高位，没有贵人相助是根本不可能的。从揭露出来的事实看，这些神坛人物的周围，有官员、富商，也有明星、主播，名流云集，非富即贵，有钱出钱、有力出力，无论是谁，在这样的支撑下，哪有不上神坛之理？

"养生"是一门科学，但由于这些"大师"的夸大和神化，加上舆论的推波助澜并广而告之，就更容易使人上当受骗。这些骗局的背后，除了唯利是图、见利忘义外，更为重要的还是社会诚信的缺失。

社会诚信的缺失，让人们在社会活动中难以判断真伪和善恶，难怪有报道称在人口普查中，执行普查任务的人被拒绝进门的尴尬现象。这种信任危机，严重阻碍了社会的发展和进步。

改革开放十年的时候，邓小平先生在总结经验时指出："十年来最大的失误是教育！"一语惊世。国人开始了反思，并加强了思想教育方面的投入，但又过了二十多年，我们的社会仍然缺少道德和信任，失误的难道仅仅是教育？

如今是提倡"谁发家谁光荣"的年代，但也绝不能是"笑贫不笑娼"的年代，君子爱财取之有道，决不能在利欲熏心中不择手段。

缺失诚信，人们的物质生活无论如何丰厚，都会感到恐惧和不安。因为，我们生活的世界不是一个人、一个家族，而是一个不同肤色、不同民族、不同语言的庞大群体，只有树立起彼此之间的信任，我们才会感到温暖和安全，才会感受到真正的快乐和幸福。

2010 年 8 月 26 日

伟大的生养

　　生命的延续需要生养，首先是生，然后是养。生是根本，养是保障。不会生，也就没有生命的延续问题了。生是最简单的，是生物的属性，只要功能正常，就有生育能力。而养是涉及生命质量的根本问题。养既需要为生长提供营养，供生命成长，同时还需要教给它独立生长的技能，离开母体自给自足。只生不养，不能算是完成了生命的延续，养的问题是智慧问题，显示出一个母体的聪明才智。

　　自然赋予生命的本能，才让芸芸众生在这个世界生生不息，从而形成了世界的五彩斑斓。这是自然繁衍的良俗，也是自然自我延续的维护机制。任何生物，不需要努力学习，就具有天生的生育本能，而且，自然也会安排这些生物的繁殖在非常愉悦的情景中进行，让所有的生命趋之若鹜，并为了满足欲望积存一种潜在的追求和动力。因此，自然不需要为生命的延续担心，而恰恰是养的问题，却成了生命延续的最大障碍。而这种障碍恰恰是大自然为了生命永续而设定的丛林法则。

　　丛林法则看上去是严酷的，但从根本上说，是确保生命延续的质量而故意让生命在延续中进行着较为残酷的优胜劣汰。生命必须在这种残酷的竞争中，练就一身适应于自身生存的本领。这是自然的魅力，也是生命延续必经的过程。因此，在生命过程中，也就没有所谓的同情和怜悯，只有一个群体或者是一个门类为了种族繁衍给予的某种关爱。因此，我们不必为一头牛被一只狮子的猎杀流泪，也不必惊叹一只狮子被一头牛所撕裂，这是大自然赋予它们自我保护和生存的一种能力。至于谁让谁死或者谁让谁付出代价，全凭它们自身的能力。

为了更好地活着，大自然极其无情地为所有生命设限，使它们在竞争环境中并非一帆风顺地成长。比如食物链条、物竞天择、强食弱肉，让所有的生命遵循着适者生存的自然法则，在自然选择中有序地进行着优胜劣汰。因此，在大自然里，我们不难发现，生命是顽强的，求生的本能与生俱来，很多生物会在极其艰难的条件下，如干旱、夹缝、重压，甚至在自然设定的各种复杂恶劣的环境中，为了存活而不屈不挠。它们学会了伪装、欺骗、奔跑，学会了各种各样保护自身的技能，为了适应生存，这些生命将自己进化成为适于自然的个体，在一方土地顽强地绽放出自己最美好的风貌。

因此，适者生存不仅是自然法则，更是人类延续的根本。

怎样做一个适者？这是继生之后的养的问题。文雅一点说，就是教育，更完善一点就是教养。

几乎所有生命都为完成生命的延续做足了准备。为了让后代适应于自然，所有生命的母体，都为此付出了艰辛的努力，甚至生命的代价。当小生命出生的时候，除了小生命自生的吮吸功能外，母体也特意为它准备了喂养的母乳，之后，便是精心而无微不至的呵护。保护小生命几乎是所有母体的本能，当小生命受到威胁时，所有母体都会奋不顾身地冲上去给予保护。老虎为了一家的生存，不惜冒着危险，在一群群的野牛中间，在坚硬的牛角面前寻找维系生命的食粮，有的时候更是以牺牲自己为代价。当老虎冲向小斑马的时候，作为斑马的母亲，义无反顾而不怯懦地用自己的身体挡在前面，当鳄鱼游向小鹿的时候，母亲却迎着鳄鱼大口游去，为了完成生命的延续，多少生命在默默付出。从非洲大草原野生动物世界所见到一幕幕感人场面，就可以看到母体为维护生命延续所付出的血泪。

为了生命能够独立，所有的母体都在为幼小生命的成长付出，从蹒跚学步到快速行走直至飞速地奔跑，从捕食到自我防护，从对事物的识别到栖息之地的修筑，从物与物的交往到对自然环境的识别，从隐藏侦察到突击捕猎，不厌其烦地反复示范与教育，才让一个弱小生命逐渐成为强大的生命个体，并将一个个体完全交给大自然，让其在自然界中自由生存。这对于母体来说，才算完成了生命的优质延续。

人类将生命赋予了极度的诱惑和诗意。人生满含浪漫的厚重，装点着生命之路的曼妙精彩。人类在每一个生命季节里都充满着梦幻般的美好，从牙牙学语的幼童到金色的少年，在一个个镜头里闪现出人生的美丽动人。人类的繁衍也因此打上了文化的符号，这里体现着精彩的文化和厚重的文明。他们将人类的发展推向了所有生命法则的新高度，让人类更加聪慧，让人生更加精彩，让生命更加灿烂。在这丰富的人类生活空间，在这色彩绚烂的人类世界，除了精彩，同样艰难也颇多。因为，人类同样也离不开生存的自然法则。他们在他们的空间里，为了生存而奋斗，包括竞争和厮杀！

　　对于高级动物的人类来说，生养问题同样是最为迫切的问题。我们的生命延续依然艰辛，在这个充满希望和诱惑的环境里，依然需要付出。这就需要提高人类做人、做事的能力，只有这样，才能活着并生活得更好。

学自然一点

天地之间，江河湖海，高山大川，浩瀚宇宙，甚至已知或未知，都属于自然的东西。人为自然之人，物为自然之物，事情为自然之事情。我们生活在实实在在的自然之中，自然而来，自然而去，无论生死、爱恨，也都是自然而然的。面对自然，面对社会，面对生活，我们无法回避突如其来、忐忑局促、恐慌以及不知所措，所以，我们在自然世界里，应当从容淡定，学得自然一点。

老子曰：域中有四大，而人居其一焉。人法地，地法天，天法道，道法自然。道之极意不过"自然"二字，自然不过众生之生命。圣经上说：你是从土而出的，你本是尘土，仍要归于尘土。佛曰：万法不如一颗平常心，顺其自然，返璞归真。看来，人应当自然一点，自己如此，本来如此，是当如此。

大自然是一本无字之书，她用一种独特的方式，默默地传达着对人的启示。就像一位大师，总以平淡、质朴而真实的方式影响心灵，让生命以最活跃的思维，在耳濡目染中学会直面人生。宇宙博大精深，深厚浩瀚，让人类认识宏大与包容，体味波涛汹涌、排山倒海、山崩地裂以及静若止水、安若泰山。人们只有用智慧的眼光，感受春去秋来、寒暑易节，领悟大自然的召唤与鞭策，才能用一种睿智诠释生活的哲理。

学自然一点，不是无求无欲、消极低迷，也不是放任自流，听之任之，而是不刻意，不强求，也不苟活，该怎么做就怎么做，肯定适合自己的，摆脱不适合自己的，顺其自然，按照事物的本来面目去接受事物本身，而不是一味地满足自己的欲望。

人对于自然，不该是迷信宗教式的敬畏，也不该是骚人墨客式的感伤。自然拥有变化无穷的壮观，不论朝晖夕阴、暴雨明霞，不论飞絮满天、落叶满地，都能使人在恬静或快乐中赏心悦目。

"智者乐水，仁者乐山。"问情自然可以在体验自然外部形态和内在气质中养成高尚情操；问情自然可以在体验自然的整体和谐与生命节奏中形成恬淡心境；问情自然可以怡神悦性，潜移默化地养成审美情趣，满足自我修养的精神需求。

文章做到极处，无有他奇，只是恰好；人品做到极处，无有他异，只是本然。人生如梦，倏忽之间，眼角已平添几条皱纹，昔日的理想与奔忙、等待与追求，慢慢淡化。忽然醒悟，人的一生，真的应该活得自然一点。因为活得自然，就不装腔作势，不扭怩作态；因为活得自然，就不做作，不卖弄，一如坦荡的戈壁，壮阔的海洋；因为活得自然，就会敞开心扉，高兴时手舞足蹈，激愤时怒发冲冠，大笑时一蹦三尺，失败时捶胸顿足；顺境中乘风破浪，逆境时破釜沉舟……

生，生存，生命，生活中学自然一点！

2010 年 1 月 26 日

走进法门

我们所处的这个世界注定是和"法"分不开的。无论有意无意，你都可以发现大自然中"法"的存在。"法"伴随了生命进化和社会发展的整个过程。

简单通俗地说，"法"就是我们生活中所运用的方法、办法、标准、模式与法则。自然界各种生物均是在物竞天择、适者生存、优胜劣汰、弱肉强食的丛林法则中学会了各种生存本领和方法，即便是发展到高度文明的今天，我们人类在与大自然的交往中，仍然是在运用思维"想方设法"寻求解决遇到的各种问题。当然，这个运用各种方法解决矛盾的过程，是按照一定规律或基本规则，智慧地用此"法"克彼"法"的过程。无论是遵从，还是悖逆，都需要一个"法"字了得。

"法门"原是佛教用语，是修行者入道的门径，现在泛指修德、治学或做事的途径。因此，应当说，法是生命进化过程中的智慧结晶，走进法门，你便有了解决矛盾的智慧，有了通往最高境界的途径。

中文的"法"古体写作"灋"。会意从"水"，表示法律、法度公平如水的表面；又从"廌"（zhì），即解廌，神话传说中的一种神兽，据说，它能辨别曲直，在审理案件时，能用角去触理曲的人。据东汉许慎所著《说文解字》一书的解释："灋，刑也，平之如水，从水；廌，所以触不直者去之，从去。"

其实，我国早期的儒家、墨家、道家包括传入我国的佛家思想都给"法"赋予了更广泛的意义，只有在法家的著作中，"法"字才具备了真正的"法律"意义。

无论方法之"法"，还是途径之门，抑或是一种法则和法律的遵循，"法"都是智慧的象征。走进法门，你就走进了智慧的殿堂。走进法门，你便拥有了解决人生之困的大智慧，有了一条走向光明的途径。

附：《走进法门》是我为《汝阳审判》写的序言，其灵感来自《人民法院报》刊登的一篇为美国纪录片《美国最高法院》*The Supreme Court* 所写的影评《徘徊在法门之外》。这部纪录片与其说是讲述了美国联邦最高法院的重要发展历程，不如说生动形象地再现了两百多年间，美国最高法院的大法官们是如何在这个舞台上尽情表演，是如何在权力的消长、权利的诉求以及社会的演变中将法的事业推向前进的。由此，我将法门从纯宗教角度脱离出来，将"法"的概念加以扩张，并写成短文作为《汝阳审判》的序言，一来将"法"与"法门"联结，作为自然之门以探索追求，二来以我在法院工作近四十年的经历，管中窥豹对社会法场的斗法和沧桑人生的注解。

如果宽泛来说，法门就是自然之门。人的思维和智慧包括人的一切社会活动，都是追寻法门的过程，走进了法门，也就走进了自然之门，实际上，自然为人们提供了打开法门的钥匙。只有进入自然，才能踏入法门。

走进法门，其实就是认识世界、认识自然、思考人生、鉴别历史的实践。这是对自然的敬畏，这与我的诗集《问情自然》牵扯上了联系，也是我用诗集《栖息枝头的花语》一脉相承地表述自己崇尚自然的思想和人生态度。

问道老君山

老君山与我，已是三十年的老相识了。初识老君山，是我到栾川学习时。文友胡晓波先生带我进山，那时的老君山，原始古朴，未加任何雕琢粉饰，一条斑驳的羊肠小道盘旋在陡峭的山体之上，几间沧桑的道观掩映在茂密的丛林之中，山峰雄浑，青云缭绕，曲径通幽的意境让人享受到独有的静谧和惬意。因为孤陋寡闻，当时并不知这座大山深厚的文化底蕴，更不知其为道教圣地。据朋友介绍，老君山最早称为景室山，因西周"守藏室史"李耳到此归隐修炼，而被唐太宗易名为"老君山"。有了老聃名号，自然有了道家圣山的神圣和尊贵。

时光荏苒，现在，这座以海拔 2200 米雄踞中原的老君山，已焕然一新，不仅山道层层板板，扶手斜上，而且悬崖峭壁上修有人工栈道，游人不仅能在荫翳的山道仰望大山的巍峨，而且也可在触目惊心的栈道上俯瞰老君山全域的秀美风景。

老朋友胡先生在山下老子文化苑等我。高达 38 米的老子铜像，面容慈祥，巍然耸立，右手拿竹简，左手指天空，见证着我与老友极其自然的一次相见和记叙三十年友谊的一次握手。

我与胡先生属同道，因为相知，见面时只是略微寒暄，就直奔主题——上山。

　　"登山是要有敬畏之心的，尤其是登老君山。"胡先生笑说。

　　"是的，老子也是沉淀到我骨子里的神话！"我回道。我知道，这是他对我桀骜不驯的善意告诫，这种回答会让他踏实不少。其实，敬畏是对待世间万事万物应有的一种态度。子曰："君子有所畏。"我认为，这种敬畏是发自内心、轻松自如、自然而然的。没有做作，也没有紧张。我以为，一个人对大自然的理解和认知，决定了其对道教的理解和认知。你感悟了自然，也就感知了道教。老君山是大自然的杰作，也是自然的活化石，它记录着华北古陆块南缘裂解、离散、聚合、碰撞等构造演化过程。在大自然面前，人显得尤为渺小，只有以谦卑的姿态，以一株小草的身份去融入自然，才能得到自然的包容。在自然里，你会放任自己而不放纵，自由开放而又平和自律。

　　我们是走山的，所以没有选择索道。尽管山道崎岖难行，尽管陡峭让人胆寒，但心里坦然。风景美丽自不必说，就是关于自然风景的对话也会让彼此在会意中进入思考，不一会儿，脚下便是中天门了。胡先生指着向右的天宫路方向说："那边就是舍身崖。"我不以为意："舍身崖在诸多名山中都有，故事虽不尽一致，但体现的都是一种道义，都是用生命报答的信仰。""但所有叫舍身崖的地方，都有山中最美的风景！天连五岳全雄晋，地接九州巍伏牛。老君山的风景更加别致。"他强调着这里风景的独特。

　　随他到了舍身崖，景色果然非同一般，站在垭口，翘首而望，崖顶古松摩云，危崖欲倾，雄伟壮观。胡先生不无遗憾：如

138

是日落之时，此处更是"余晖返照千山色，满峪参差入画中"呀！我沉醉于眼前的风景，沉思于崖上发生的故事。但我想，舍身崖的古松只能把中国画的写意泼墨云端，奇谲灵异的造型只能进一步强化绝壁的震撼。而故事主人公的一次殉身，却将爱情轮换成孝道，这才是老君论道的主题。这美好的风景，也许就是对舍生取义的褒奖。

从舍身崖再向上就是十里画廊。十里画廊和栈道是老君山视野最辽阔的地方。栈道，挂在山壁之上，悬于高空之中，一边是万丈深渊，一边是陡峭崖壁，行走其间，触目惊心。俯瞰远望，山峦起伏，烟云缭绕，如诗如画。我们无言前行，十里画廊如一幅道家经卷，在眼前徐徐铺展开来，我们顺着既定的章节起步，默读一字一句选出的山峰伟岸，叹服岩石与山林用坚挺意志诠释的古老信仰。我们沉浸其中，忘记了自我，在行云流水般的移步换景中，向灵魂的高度靠近，并用一个新的角度审视自己。此时，我们已经融入了自然，自然也融入了我们。我以为，这是天人合一最完美的画面。

每一座山，无论大小高低，都有它的最高峰，这是它展示自我的最好方式，就像所有花开，绽放的都是生命极致的美丽。走入南天门，就到了老君山的最高峰，就到了老君的庙堂之上。这是老君山的精髓，也是老君山最灿烂的经典。金顶建筑群既是风景又是文化，它高高耸立于山巅，一任风花雪月，一任云缭雾绕，始终置身于浩瀚星河，正像道家文化的内涵一样，从容淡定。

我站在马鬃岭，以一种新的维度环视四方，山势依然雄伟，群峰依然竞秀，峰林洞涧，千姿百态。唯有独立山头的金殿，在风起云涌、流云飞渡中，金光闪闪，凌空而立，仿若海市蜃楼的仙境一般。面对大自然赐予老君山的"云海"与"神光"，我暗想：南天门定是给人们心灵设置的一道坎，是仙与人的界线。几近竖立的天梯，攀登绝不会轻而易举。我不知道南天门的那边会是一个怎样的天地？但我担心，如果真的跨过去，真的成了仙，延续的不知是天上的悲，还是俗世向往的喜？

我将我的担心告诉了胡先生。他笑着反问："一介腐儒，所悟的仅是世间悲喜，你以为我们真的能到另一层境界？"我带着他的诘问陷入沉思之中……

下了山，与老友道别时，我再一次向老君山深情回望，屹立俗世的老君山依然那样沉静泰然，像一首诗："你见，或者不见，我就在那里……"

嵖岈山游记

自汝阳东南约 300 公里处的遂平县内，有名曰嵖岈山者，虽为仙山，风景秀丽，早年却并未为外人所知，近在咫尺，亦未能睹其芳容。及至央视拍摄《西游记》，以此山作外景，携唐僧师徒一游，媒体作势，一夜成名，遂成省内名胜。

趁十一长假，安排家中停当，一行四人相约，驱车前行。恰逢秋收，路面满是摊晒的玉米，赤裸地躺着，仅留有狭窄通道，漫长崎岖，艰难前行。然玉米夹道相迎，不失为一路金色风景。

进入遂平县内，距嵖岈山不远处，偶有山丘两朵，平地而起，面如细沙堆成，裸露于路旁田野。孤独失落中不乏清高，秀外慧中，苍茫而略带骨感，有鹤立鸡群之伟岸。山之秀美引来同行黄兄灵团惊叹，忘乎所以，拿起相机，狂奔而去，先是匍匐抓拍，后是与山相拥，几欲号啕，悔之相见恨晚，惋惜之意难以言表。依依惜别时，问田间农妇，此山何名？答曰："石面山也，在此不为众人青睐。"黄兄茫然慨叹："此山恰若薄命玉女，流落荒野，吾今生得此一面，足矣！"

前行不远，嵖岈山隐约可见。透过车窗，一幅水墨画映入眼帘，颜色不艳，酷似墨汁渲染，或浓或淡，其轮廓、骨架配以层叠树丛点缀，更有厚重之感。烟雾缭绕，时续时断，神秘诱人。

大凡名胜处，皆有美丽传说，嵯岈山概莫能外。据传，很久以前，此地一马平川，一望无际，四季风调雨顺，五谷丰登，百姓安居乐业。忽一年，陡降暴雨，数日不停，洪水泛滥，苍生危在旦夕，嵯岈大仙施法欲退水救民，可惜道行太浅，情急之下，将王母后花园一座假山堆石拆下，以堵洪水，百姓得救，而扔下的石头堆积成山。玉皇大帝为褒奖其爱民之举，托梦当朝皇帝，命名此山为嵯岈山。

进得山门，即见嵯岈大仙石雕像矗立于前。其神若大禹，又似愚公，乃古人依传说刻之。嵯岈山上，怪石林立，山下树木成林。时值金秋，虽未漫山红遍，层林尽染，但亦郁郁葱葱，泉水潺潺。沿承恩路依山而行，细察周围风景，遥想当年淮安才子吴先生承恩避祸在此，汲取灵感创作千古巨著。而今，吾等虽挖空心思，浮想联翩亦不能入此佳境也！

拾级而上，便有"万人洞"，因拍西游谓之曰"黑风洞"。洞内狭小漆黑，崎岖蛇形，穿行其中，虽有胆战心惊之感，亦不愿错失良机。为防不测，吾等分洞内洞外两路而行，遥相呼应，约定至洞口处相会。洞外有包公庙，香火极旺，说是被包公解救的一村妇为报答救命之恩而建，自以为俗，未加停留。

沿途经过桃花洞、五龙宫、乾隆洞、千孔柏、莲花掌，登百步天梯，达凤凰台。

凤凰台向北向东，各有一径，不知意欲何往，忽遇北道迎面来一男子，问道："前达何方？"答曰："鬼门关是也！"黄兄闻听，大惊失色，疾呼："回！回！"余者无奈，只好随其向东而行，直奔一线天。途中越险途、穿石洞，山道崎岖，错综复杂，或手脚并用，或亦步亦趋，倍感自然之造化无穷矣。大汗淋漓，却得爬山之趣；挥汗如雨，却身轻若燕，心神智明，似得天地灵气。置身天地之间，感受山之形，妙不可言。

山上树木不多，唯有奇石怪岩。裸石随意堆叠，宛若空中散落而下，印证了嵝岈山之传说。嵝岈山虽未有华山之险、黄山之奇，但亦攀登艰难，天造地设，令人惊叹。山起平原之上，更感奇、险、奥、幽。凭高远望，顿觉天高地阔，仿佛身入仙境，心情怡然。畅谈感触，激动不已，友森林耿兄即兴赋诗："云剪烟锁雾结环，拾级一登嵝岈山。怪石列屏缥缈处，丹画叠岩苍茫间。猎奇已访黑风洞，避忌不探鬼门关。路转峰回入画境，穷极玉皇开心颜。"同行连连称赞！

站在山顶，俯瞰山下，高楼伟宇化为微小之模型。不由慨叹人类之渺小、自然之神奇。

惊奇之余，偶发感想：以前之嵝岈山与现在之嵝岈山并非不一，为何之前无人问津，而今络绎不绝？此山之树之奇石，皆为从前之树之奇石，抑或他山之树之奇石，皆为自然之物，始终存在于天地之间。然不为人知者则无法名扬天下也。山之为山，水之为水，绿树之为绿树。为石之意，水之意，绿树之意。然石之意，水之意，绿树之意，乃天地自然之意。石非为人所赏而立，水非为山所悦而流，树非为纳荫所生，但相生和谐，自成一体。然无人发现其美者，则处之一隅也。无论天意如何，遇人鉴赏即有名也，赏者众，即在高上；不遇，无人颂者，则退为下流。俗语言："山不在高，有仙则名。水不在深，有龙则灵。"这仙，这龙，不亦为人类智慧否？

2008 年 10 月 6 日

蔡国故城

　　十一长假期间，没有跟风拥挤到风景名胜，而是和几个文友选择了驻马店上蔡县，寻访三千年的历史遗迹——蔡国故城。

　　即便是旅游的黄金时段，上蔡县城也依然显得平静许多。蔡国故城遗址就在县城西南边，通往古城遗址的马路中间有一新修门楼，在门楼东西两侧延伸的土垣就是古城墙。只要在马路边停下，你就可以直接登上稍显颓废了的城墙。没人看管，也没有阻拦的边界，在登城墙的狭小路口极不显眼处，有县政府于 1996 年刻立的一块国家重点文物保护单位"蔡国故城"小石碑。如果没有石碑的提示，除了专家学者，谁也不会留意默无声息在公路两边绵延数公里的厚厚土墙就是几千年的历史遗迹。放眼长望，蔡国故城呈长方形，东西略短，南北稍长。城墙为夯土筑成，城内有一土台，称二郎台，可能是蔡国的宫殿区。

　　此时已是深秋，落叶纷纷，万物萧条。古城墙在沧桑中显出几分落寞。一条路人在泥泞中踩踏出的小路，蜿蜒在城墙之上。其实，这并不是游人的脚印，而是附近建设工地的民工或是附近居民为了偷懒走近路的"杰作"。站在残留的土墙前，根本无法看到古城的轮廓，只能凭借丰富的想象在三千年前的蔡国故城徜徉。但眼前，脚下的城墙正被秋天疯长的荒草覆盖，只有路人踩踏的深浅不一的脚印烙印在城墙的羊肠小道上，像一条未能痊愈的伤疤清晰可见。也许，正是由于裸露出的这条狭窄细长的崎岖小径，配以冷落萧条的背景，才使古城墙显得格外沧桑古老，同时也让文人墨客为公叔度这样的浩大工程未得到修复成为旅游胜地而感慨！

武王建周后，将亲弟弟叔度分封到此。从此，就有了蔡国。蔡叔度一到封国就建设城池。不到三年，武王去世，子姬诵接任天子，即为周成王。周成王年幼，周公旦辅佐侄儿，号令天下。蔡叔度等认为周公旦图谋不轨，联合其他兄弟号召诸侯国和朝中大臣一起讨伐周公旦。周王朝便陷入混乱，蔡国城池被迫停工。周公旦以成王的名义出兵东征，讨伐而胜。蔡叔度被软禁于此，封国被取消，不久抑郁而终。叔度儿子胡接受父亲教训"率德驯善"，得到周公旦信任并委以重任治理鲁国。之后，周公旦奏请成王，重新封胡于蔡国。胡成为蔡国国君，一面建立国家机构，一面继续修筑城池。由于他做事谨慎，吃苦耐劳，只用了两年，城池就修筑完成。

蔡国故城，作为都城存在 500 多年，后被楚所灭。据说，蔡叔度立国，后人以国为姓，于是有了蔡姓。普天下凡是姓蔡的，祖根都在上蔡。

重九适逢望河楼

　　上蔡县最著名的，除了蔡国故城，就要属蔡侯望河楼了。因为它，才有了重阳文化的发祥之地，才有了中国的重阳节。

　　蔡侯望河楼，顾名思义，是蔡侯望河之处，位于上蔡县城西的芦岗之上，它的东边是蔡国故城的宫殿区，西面是汝河故道。西周时期，每当汝河泛滥，这里一片汪洋，蔡侯在此筑台建楼，登高望河，取名曰"玩河楼"，后因"玩河"不恭，改雅名"望河楼"。

　　望河楼的山门建在汝河古道，望河楼建在山丘之上，远远望去，不见山门只见望河楼高高在上巍然屹立，与周围形成鲜明对比。山门不大，就像一户院落的大门，布满沧桑的门楣上书"芦岗雅地"，显得厚重古朴。顺狭窄的甬道拾级而上，在仰视的视觉中，一座翘角飞檐的门楼高耸云端，门楼上"蔡侯望河楼"的匾额映入眼帘。进院有一个长宽四五十米的平整大院，院内有火神庙、奶奶庙、佛殿、关公庙，还有几通诗文碑刻。北面另筑一高台，上奉玉皇庙。玉皇庙西有一平台，这便是最原始、最古老的重阳登高处。

与横卧城外的蔡国古城墙相比，这里倒有几分姿色，不仅有几座寺庙，几缕烟火，几尊圣像，更有意义的是这里是重阳登高的原址。能亲身站在望河楼上，体味古老传说，确实幸运。但此时国泰民安，登高望远，虽亲临其境，也未有登高避祸之危，只感受到古老淳朴的民风赋予重阳的美好心意。

"重阳登高处"始于东汉。相传，汝南人桓景跟随费长房的高人游学多年。有一天费长房对桓景说："九月九日你们家有灾。让你的家人缝制布囊，里面装上茱萸，然后把茱萸囊系在手臂上，登山喝菊花酒，此灾可消。"桓景依费长房所言，举家登临此山。傍晚，桓景一家归来，发现家中饲养的鸡犬牛羊全都死了。费长房知道后说："这些家畜已经代人受灾了。"人们九月九日登高饮酒，戴茱萸囊之习俗，盖始于此。桓景登高躲灾避祸是重阳登高风俗的源头。此处，就是当年桓景避祸登高的地方，桓景所登的山就是这个芦岗。

唐太宗年间，人们认为此地是风水宝地，有神灵之气，就陆续在高台上建筑供奉神仙的庙宇殿堂。到了明朝，望河楼建筑得更加富丽堂皇，还增建了玉皇庙。人们遂纷纷效仿东汉桓景"齐家登山"避邪免灾到此。上蔡人把这里和城墙北垣的烽火台等作为重阳登高之地，很多文人墨客趋之若鹜，来此登高赋诗，附庸风雅。

吉祥说也好，免灾说也罢；假风雅也好，真附庸也罢，这个传承文明的重阳之乡，在圣古登临之后的几千年之后，我们真的来了，且恰逢重阳！

濮阳·濮阳

　　去过许多地方，而身边的濮阳着实没有去过。第一次向我推荐濮阳的是张先生，他当过领导，后来又到濮阳工作。他对濮阳很有感情，那里的经济发展倾注了他的心血。他与我谈起濮阳，是在他退休之后，见面时他将新出版的《生命之光》送给我，并向我介绍了濮阳的前世今生，我在他的书里，除了读懂他的为民情感外，还读到了濮阳的厚重。

　　濮阳因在濮水之阳而得名，是中华民族发祥地之一。早在新石器时代濮阳就有人居住，五帝之一的颛顼在这块土地上打下文明根基并由此铺展开来，濮阳发掘的裴李岗文化，可将仰韶文化向前延伸到黄帝时代。值得一提的是，濮阳西水坡发掘的三组蚌砌龙、虎图墓葬，是中华民族之所以称之为龙的传人的实物证明，濮阳也因此被誉为"中华龙乡"。

　　濮阳是名副其实的历史文化名城。走进濮阳，就穿越了岁月的长河。踏上这块土地，就想到了与之相关的史实：炊烟缭绕，庭院鸡啼；韦编轻卷，车行马嘶……想到了濮水之畔，土地平阔，桑树遍野，音乐缭绕，青年男女闲游谈情的"桑间濮上"……

濮阳既是一座浪漫的城市，又是古代兵家必争的战略要地。城濮之战、马陵之战、澶渊之盟就发生在这里。军事家吴起、政治家商鞅、思想家吕不韦、天文学家僧一行都在此扬名。走进这座城市，除了感受到黄河之畔的柔情浪漫之外，还能闻到当年古战场上兵戎相见的杀气和冰冷。

濮阳是与吴桥齐名而享誉世界的杂技之乡，去濮阳那天，正赶上世界杂技节在这里举行，大街车水马龙，小巷人群簇拥，广场商场热闹非凡，来自五湖四海金发碧眼的国际友人为这座古老而又现代的城市增添了生机和色彩，世界各地的杂技艺术家和国内同行同台竞技的《水秀》表演更让这座城市沸腾起来。

濮阳的前身是戚城，戚城是濮阳从古到今的史实见证，到濮阳若不膜拜戚城就不知文明之源，就失了礼仪。在参加了李修平主持的世界杂技节开幕式并观看了精彩的杂技表演之后，就和朋友一起，以一种虔诚的姿态拜谒古城了。从濮阳市雕塑着朱红色巨龙的龙城中心广场出发，在一路追问"龙"之寓意的想象中，下了仅有几站路的公交车，戚城——这座被现代文明手臂高举的古城，仿若一节突然隆起的历史，立定于明媚的阳光之中，闪耀着异样的光芒。

戚城又称孔悝城，始建于西周后期，是春秋时卫国的重要城邑，因位于古黄河东岸，东有齐鲁，西有秦晋，南有曹、宋、郑、陈、吴、楚，不仅是卫都帝丘的重要屏障，而且是群雄争霸的战略要地。现在，这里被修筑成城市公园，既让"以人为本"的思想在人们的休闲娱乐中得到体现，也让古城遗址得到了科学的保护。

走进古香古色的戚城遗址公园，一种古朴雄浑气息扑面而来，风干了的血汗凝结成沧桑的城池，叠压着熟悉的龙乡方言，沉淀着三千余载的悠悠往事，如梦如幻般徐徐展现于眼前。从高楼林立的喧闹街市到一方缄默无语的幽静公园，心情在反差撬动的震撼中悠然起来，一种在时光隧道里穿越的感觉油然而生。此间鲜花碧草的暗语与春风跑动的风景，倾诉着细若黄土的神秘，展示着深藏不露的风雅。古城内有一夯土土台，是群雄逐鹿、诸侯会盟的盟坛，见证着当年诸侯在此频频会盟的荣耀。除有会盟台，还有城墙、阙门、孔子侯馆、颛顼帝宗教改革圣地———玄宫；还有反映春秋战国时卫国文化氛围的"桑间濮上"苑，表现濮阳古战场的历史名战微缩景观、龙宫、龙湖、车圣相士和他发明的马车，伏羲之母华胥的卧雕及伏羲亭，夏后启在昆吾所铸之九鼎及铸鼎轩等，它们以百般姿态向来者展示着不同时期的万种风情。

　　戚城公园还陈列着濮阳的名片——"中华第一龙"。这是1987年在西水坡五代后梁古城墙下修建饮水工程时发现的，墓穴内有四组蚌图和成批的蚌壳、螺壳堆积，其中三组蚌图，有龙、虎、鹿、石斧等，虎在西，鹿在东，头皆向北，相向而立。龙在虎南，张嘴伸舌，可见上下牙齿，龙身迭压在虎身之下，龙头东有像蜘蛛的图案。另有一只奔虎，头西尾东，背南足北作翘尾奔跑状，与虎背对背为一龙，头东尾西，昂首作腾飞状，龙背骑一人。这些蚌图造型独特、规模宏大、内涵丰富，与古天文学四象中东宫苍龙、西宫白虎相符。经专家评估和碳十四测定，属仰韶文化早期的遗迹，距今6400年，这里的龙是北京故宫里各种龙的正宗祖先，不仅为龙的传人找到了证据，且将中国天文学中传统的"四象"在原来推定为公元前 8 世纪的基础上，又前推了 3600 年，比埃及金字塔中的天文图早 2000 多年，比巴比伦的界标天文图早 3000 余年，是世界上最早的天文图。

我们以一种震撼和臣服的目光，仰望着龙的传说和象征皇权的神话。一个民族的图腾，仿佛转动着岁月的年轮，穿越千万年的历史时光，向我们走来。也许采自黄河的贝壳，诗意般让沉淀了中华文明密码、承载着一个民族身份与信仰连同现代的濮阳在世人的仰望中飞翔。

我在戚城的记忆里一遍遍翻阅濮阳的历史，又从历史的片段中回到现实。目下的戚城遗址公园，已用现代手法装点成为人民群众休闲娱乐的场所，院内碎石铺路，花鸟绿树，水榭亭台，曲径通幽。每走一步，就会被花草撩拨出优美的记忆；每一瞭望，就会被一池清水点拨出灵动的心情；每一低头，就会发现土地上折射出先贤智慧的光泽；每一沉思，就会在沧桑一叹中听到历史的回声。卿卿我我大胆依偎的青年男女点缀着公园内的爱情氛围，古今情景交融，令人心驰神往……

一次短暂的濮阳之行，让我在这座城市里的一次次震撼中有了沉淀于心的尊崇和喜欢，有了刚劲的力量、沙场的激烈、情场的惬意……离开濮阳那天，似乎有一种依恋和怅然，在上高速公路时，我情不自禁再一次对这座城市来了一个长长的深情回眸。一座城，在风吹花红青绿间，带着岁月流转的沧桑，成为一片厚土的过客，只有来者，以交融于季节的安静，以历史的沉默，沉醉于悠远的倾听。

2019 年 5 月

领悟九华之美

　　周敦颐的《爱莲说》生动描述了莲花的独特品格，堪称咏莲诗文中的极品。而莲花作为一种清逸高洁的精神符号，亦成为后世文人墨客的至爱。佛总与莲花结伴，我爱莲，钟爱她的圣洁。由此，对坐于莲花之上的佛菩萨也心存一份敬仰。

　　对素有"莲花佛国"之称的九华山的敬仰，不仅在山水，也缘于佛教莲花。九华山天开神奇、清丽脱俗，唐代诗人李白"妙有分二气，灵山开九华"的诗句，更使其神秘诱人。挚友相邀，虽秋雨绵绵亦欣然前往。

　　心情和汽车一同沐浴在淅淅沥沥的细雨里，仿佛接受朝圣之前的洗礼。车内空气在吐故纳新中升腾，蒸汽依附在玻璃上，用手将模糊的车窗擦亮一个明镜的圆，外面的风景便在这个圆形的银幕中映入眼帘，路边的树木、花草、河流、山峦、村落、行人在雨雾里若隐若现，一份深沉的若有所思，浮游在一幅长长的水墨画里，乘云驾雾般地辗转。

　　汽车停靠在悬挂着"微笑在安徽"牌匾的收费站，窗口内笑得让人着迷的姑娘和司机温馨地交流，大概是在描述进入安徽境内的具体细节。这个笑意甜美的少女，将我的思维从九霄云外拖入凡间。我知道已经进入安徽。于是，便联想到了徽州古民居、徽州商人、徽州女人和古徽州文化。那种韵味一如安徽的祁门红茶，养胃养眼而提神。如今的安徽女子已不是古徽州的女人，而依然展现着徽州女人的魅力，无论从政经商或是与常人居家过日子，仍是温婉可人。她们或在古街的店里笑脸迎客，或在新安江畔浣衣、农家大院烧饭、田里劳作、茶园采茶，温柔和善的女人气息仍让人惬意。

在悠悠的思绪中，九华山到了。

九华山是中国四大佛教名山之一，千年佛教历史让九华山积淀了厚重的文化底蕴。绽放在九朵莲花之上的菩萨大愿与层峦叠嶂的山水风光结合而成的文化氛围，吸引着海内外信众和游客。

此时，蒙蒙细雨笼罩着云外天宫，沉沉雨雾氤氲着九华神灵。九华山隐约在雾色苍茫里，只能看到轮廓，九朵莲花半醒半梦地开着，重楼殿宇坐落在雨雾深处，意境高远，气象超凡，凝重而严肃地为来者开启着朝圣的大门。风雨云雾一起交织，如梦如幻，仿佛置身仙境，让人禅意隽永，忧思深长。

走进空灵俊秀的风景，走进一个佛香浓郁普度众生的道场，追寻承载地藏化身传奇和九华山佛教始源的月身宝殿，也许就是来者的目的。那位来自古新罗国的王子，放弃王位削发为僧，选择九华山岩洞栖居修行，开启了九华山儒、释、道于一体的佛教文化。这位被佛祖点化的僧人圆寂三年，其"颜状如生，兜罗手软，骨节有声，如撼金锁"。依佛经"菩萨钩锁，百骸鸣矣"之说，认定为地藏菩萨降世应化，僧人在南台建三层石塔供其肉身，俗称"肉身塔"，又称地藏坟。因"基塔之地，发光如火"，后人名曰"神光岭"。

经上禅堂经过十王殿就可到肉身殿。上禅堂里金沙泉四时不竭，泉旁的金钱树相传为李白沽酒之钱所化而成，誉为九华三宝之一。十王殿前后三进，地藏塑像蹲坐后殿正中，枯瘦如柴，精神矍铄，近前一背经和尚，脚下一条神兽蹲伏不动，这种独特的形象刻画出地藏在九华山苦修成佛的艰辛历程。坐骑名曰"谛听"，洞察阴阳，昼夜相随，被佛教尊称神犬，并成为吉祥如意的象征。

地藏菩萨并非只管地狱，据说他受释迦牟尼嘱咐，誓愿在释迦灭度后弥勒出世前不令娑婆世界南阎浮提罪苦众生堕入恶道，要度尽一切众生。经无量劫苦修久证法身成就佛道却不居佛位，常在十方世界分身，以种种形象救度众生。因他的大悲愿力最深最广，既为一切众生所依，又能荷担、含藏万物，故敬称"地藏菩萨"，如经言"安忍不动犹如大地，静虑深密犹如秘藏"。

"众生度尽方证菩提，地狱未空誓不成佛。"大殿北门外有一半月形石铺瑶台为"布金胜地"。肉身宝殿东西两侧为客堂、方丈寮、殿北钟楼、鼓楼。钟鼓楼北坡宝殿迭出，长廊依山相连。沿长廊经长亭到地藏禅寺，寺内供奉地藏菩萨铜像，铜像东侧有一木质钟亭，亭中供奉慈明和尚肉身。地藏禅寺东北为弥陀殿、山门。这座被四周寺宇环护的肉身宝殿巍然屹立于风景秀丽万木葱茏的神光岭之中，显得重辉异彩，古朴庄严。

佛祖的表情庄严宁静，人们需要时刻仰望。地藏菩萨身披袈裟，手持锡杖，巡地狱于十八层上下，判诸业于六道轮回，藏郁郁馨香于内心，匿娟娟端美于形外，无金童玉女侍其侧，杳甘霖柳枝显其灵，引渡众生，不以形诸而分之，不以贫富而弃之，不以病残而厌之，不以殊丑而拒之，扬悲悯而弘民愿。

"我不入地狱，谁入地狱？"地藏菩萨金乔觉说这句话的时候，还是新罗国17岁的王子，在战场上带兵打仗，抵御倭寇。在登基之前，意外痛失好友，自此一蹶不振，整日游山玩水。幸而在金刚山顶遇无名老僧点化，浅尝佛门智慧，心有所悟转身出家，法名释地藏。公元719年，24岁的释地藏带一条白犬远渡重洋，九死一生到中国求法，辗转于佛教名山与得道高僧之间，潜心九华深山苦修15年终成正果，成就"入浊世而得解脱"的方便法门，直至99岁坐化。五十多年里，释地藏住持九华山化城寺，教化六道众生。

花城寺坐落在芙蓉山下，高跨于高山盆地之中，背倚白云山，南向芙蓉岭，东崖雄踞于东，神光岭起伏于西，虎形诸峰环绕于北，四山环绕如城。迎面一座圆形广场，广场中间有一月牙形莲池，是当年地藏的放生池。环池有石砌栏杆，澄澈如镜，天光云影，苍山古刹，尽入其中。化城寺依山势而建，寺殿四进，依次为门厅、大雄宝殿、后进和藏经楼。建筑随势渐高，结构自然，门楹窗棂、斗拱梁柱和台阶基石上图案精巧美观。大雄宝殿内，地藏菩萨双手垂下，手掌向外，竭尽全力地满足着芸芸众生的愿望。寺院里烟雾缭绕，焚香燃烛者人流如织，他们闭上双眼顶礼膜拜，祈祷平安与幸福。

出得化城寺，行数百米至祇园寺。该寺建于明代，清康熙年间为化城寺东侧寮房之一，是九华山宫殿式与民居式组合规模最大的寺院，由灵官殿、弥勒殿、大雄宝殿、斋堂和光明讲堂等单体建筑组成。大凡寺院，布局大同小异，所有的路上都站满了各路神仙，一一拜过之后，在红尘与仙界的思索中走出寺门。

九华山上，殿堂庙宇星罗棋布，佛教氛围十分浓重。每一座山峰、丛林、小溪，甚至每一个角落里的一个石头和沙粒，都能闻到佛教的信息。山道两边，广袤的竹林因为浸染了地藏的香火，也有了禅意的沉思。我想，这就是九华山，这就是千年道场，正是这些厚重的历史文化使九华山越来越高，几万年岿然不动，几千年佛心不改，方寸不乱。

沿着具有徽州建筑风格的青泥石板小道，徜徉在镶嵌于九华山中央的九华街上，屋舍鳞次栉比，街巷东西横贯，溪水在街旁流过，淙淙有声，在如隔岸弦鸣中，感到了来自世外桃源的恬静。我忽然想到在化城寺大殿内的一副楹联："愿将佛手双垂下；摸得人心一样平"，楹联虽非佛语，但祈求佛法使人心公平的意愿也蕴涵着世间真谛。愚以为，佛教主张轮回，劝人向善力求业根清净，但来此烧香还愿者，除皈依信众者外，或为富贵有太多牵绊负累以求顺达，或为贫贱又无可奈何以求平安，或为附庸不甚了了者等不在少数，其实他们只是在问路，只是困惑于生命中的迷茫。我想，佛学的博大精深，绝非仅为烧香念佛，那只是一种形式，最重要的是教人"顿悟"，使人善良、豁达、静心。

我轻轻地来而又轻轻地去，在秋雨的雾里，虽未见绿水秀芙蓉的迷人景色，但也体验了"九华一千寺，撒在云雾中"的意境。我以为，生命是一场旷达明净的远行，遥望远山碧水，近观佛影禅林，只是短暂的瞬间。无论于寥落时觅求繁华，还是在璀璨中寻找淡然；无论是庙宇的出尘、莲花的慈悲，还是自然风景的物化与陶冶，都会是你在四时风光里和承载了山水的天然气韵中，寻找到岁月的无穷真意，从浅薄走向成熟，从浮躁走向淡定。九华山亦然，她是那么自然，那么神圣脱俗而又那么与尘世相近。她的神圣教化没有脱离人的本性和善念，目的只有一个，那就是追寻人类孜孜以求的社会和谐。

九华之美，美在道，美在心灵，美在超脱。

2012 年 11 月 15 日

夜宿佛化禅寺

　　去九华山，经过青阳县城时，天色已至傍晚。同车信众介绍，离县城不远的朱备镇有一佛化禅寺，寺院住持寂云法师是老乡。她早年出家修行，汝阳寺湾文殊寺大殿扩建时遇到困难，老家信众千里迢迢来此求援，寂云法师出资出物鼎力帮助，在大师的指导下，众多信徒广纳善缘，最终使大殿大气落成。由此，寂云大师也自然成了文殊寺的住持。他们建议，不如到佛化禅寺看看师父，再借宿一夜，既不耽误行程，又能畅叙师徒之情，岂不两全其美！同行者虽想一睹修行已久的法师尊严，体验宿寺的感受，但唯恐打扰了寺院清净，不敢擅自答应，决定先去看看情况，再作打算。于是，车便沿着一条小路来到佛化禅寺门前。

　　听说老乡来访，住持在大殿相迎。大伙见过大师，便到办公室小坐闲聊，相互问候。寂云大师吩咐做饭招待，同车的徒弟们也到厨房帮忙。用过斋饭，夜深人静，法师再三挽留，大伙只好留宿寺中。

　　此时，我便想起李白《夜宿山寺》"危楼高百尺，手可摘星辰。不敢高声语，怕惊天上人"的诗句。其实，佛化禅寺没有那么高，没有伫立山巅，而是坐落在九华山北山山麓。出于对佛门净地的尊重，不敢高声语，倒是真的。

佛化禅寺初名景福院，又名福海寺，是九华山五大古寺之一，为千佛道场，屡开三坛大戒。公元893年僧道鉴重建，朝廷赐额。宋治平初朝廷赐额"福海院"。1965年前寺院尚住有僧人，后来易为民宅。1994年寂云法师不忍佛地遗弃，发愿重建古刹，收回寺产，并改寺名为佛化禅寺。

生于清朝同治年间的释照法比丘尼，因年老生病，由游僧转交佛化禅寺住持释寂云法师赡养，即礼寂云法师为师。寂云法师为其消灾超度治病，四个月后康复。释照法师太心地慈悲，凡来朝见的善信均为其拍顶加持，为病苦者按摩推揉解痛，济世间疾苦。2002年11月20日子时圆寂，后人即装金供奉。

寂云法师是个孝女，因受寂云佛法影响，其母年迈时依然出家到佛化禅寺拜女儿为师，修行十年坐莲花缸圆寂寺中。

此时夜阑人静，月色溶溶，整个寺院沉浸在夜色中，既庄严肃穆，又辽远神秘。徘徊寺院，仿佛进入了一个静谧的世界，在这里，浮躁的心灵会得到休息、受到净化。这对于整天生活在喧嚣的人声、嘈杂的车声和机械轰鸣声中的人来说，如同神仙般的享受。在远离尘世的宁静里，你会思考所谓的名利权势、荣华富贵，思考善良与邪恶、贪欲与纯朴……

寺院客房简单朴素，我们在通铺上渐渐进入梦乡，有人辗转反侧，有人鼾声如鼓，有人梦话连篇。不过，我还是一觉直至天明。

第二天再看佛化禅寺，依山傍水，风景秀丽。重建的大雄宝殿气势雄伟已经落成，十一米高的大铜佛像、文殊普贤菩萨铜像及十六尊者铜像正在建造。大殿前廊，八根青草石龙柱，上雕十八罗汉，栩栩如生。可以设想未来建成的佛化禅寺将是规模宏大的寺院，将招来五湖四海的朝拜者。

车已徐徐离开，夜宿寺内、吃斋饭的情景和寂云法师修行建寺的故事，久久在脑海中萦绕。在那份修行的清苦里，我感到了那份执着、那份追求，也感到了那份沉甸甸的信仰。

夜宿佛化禅寺，也许是一份佛缘。

2012 年 11 月 6 日

内乡县衙

　　走进内乡县衙，一个中国典型的四合院落便呈现在眼前。这个全国保存最完整的古老县衙，以实物标本展示着中国封建社会政法一体的神圣和庄严、正义与严酷。

　　自古衙门朝南开，内乡县衙也不例外。盈门高大的照壁上，怪兽吞食太阳的雕刻栩栩如生，预示做官如若贪得无厌势必有粉身碎骨的结局。照壁的对过是牌楼，竖立在县衙大门匾额之上的"菊潭古治"四个苍劲有力的楷书雕刻其上。知县在此与其治下的百姓沟通，接待来访群众，宣化教育。

　　站在牌楼下仰视大门，面阔三间，中为通道，东置"喊冤鼓"，西立两碑有"诬告加三等，越诉笞五十"的警示，让人想到普通百姓告状的艰难。

　　将视线往里延伸，青砖与白色灰线相间、黛瓦与青色砖雕相映、白色的墙壁、高挑的飞檐，以徽式风格为主调，融合江南与北方建筑为一体，象征权力的县衙大门两侧的石狮身上布满了岁月留下的伤痕。

　　走进大院，目睹熟悉而又陌生的院落，充满沧桑的形体上，悬挂着各种警示的牌匾，在烙印着封建专制的厅堂里，依稀看到曾经发生过的一个个官场上的审案片段。

沿着甬道进入仪门，牌坊正面刻"公生明"三个大字，背面有县令戒约："尔俸尔禄，民脂民膏，下民易虐，上天难欺。"

径直向北，就是大堂，明镜高悬牌匾下的朝日图隐含着五品的高贵和威武。穿过大堂，重光门上高悬着"天理国法人情"的匾额。虽说是"天理"在前，但却是虚无缥缈的，而"国法"和"人情"才是处理政务中需要认真掂量的内容，这也是中国特有的文化与国情。处理民事案件的地方名曰"琴治堂"，风韵儒雅。不过"亲、故、重、轻"四个字却真实地反映了封建时代为官者平仄顺畅、恩威并施的执法思想。

三堂前面是一处宽敞的庭院，一株古老的丹桂至今仍生机勃勃，枝繁叶茂，巨大的树冠遮住了半个庭院。据说，每逢仲秋繁花竞放，香飘全城，听起来不无夸张，但三堂的抱柱楹联"得一官不荣，失一官不辱，勿说一官无用，地方全靠一官；吃百姓之饭，穿百姓之衣，莫道百姓可欺，自己也是百姓"比丹桂更加香溢四方。

坐落在西侧南端的监狱，建筑突兀、狭窄、低矮。阴森的大门，造型如同巨兽的血盆大口，让人觉得十分恐怖和压抑，同时也让人产生对犯罪的畏惧。

穿过历史的甬道，心里生发出一个思考。"一座内乡衙，半部官文化"，人们在这里看到的不仅仅是威严。但是，有圣谕教化，有律条禁忌，不乏清廉职官，为何不能挽救一个王朝的败落？

"宠辱不惊，看庭前花开花落；去留无意，望天上云卷云舒。"在依依的别离中，我想，来到此处，无论官民，无论清浊，都会面对照壁、喊冤鼓以及大堂之上的惊堂木，谨记：

"吃百姓饭，穿百姓衣，莫道百姓可欺，自己也是百姓。"

"欺人如欺天，毋自欺也；负民即负国，何忍负之。"

"宽一分，民多受一分赐；取一文，官不值一文钱。"

2009 年 10 月 5 日

163

云冈恒山五台山游记

五一长假，闲聊客家，信口提及旅游，世兄附和应答。遂驾车上路，出古都洛阳，北行雁门关，长驱太行大峡，先睹云冈风韵。云冈石窟①五十余，大小佛雕五万，神态迥异。雕像大至十几米，小则公分有余。主佛居中端坐，仪态非凡。余者或侧面侍立，或静思坐禅。洞壁洞顶，浮雕丰满。乐师歌伎，琳琅满目，或击鼓敲钟，或载歌载舞，或手捧短笛，或琵琶遮面。精雕细刻，神态栩栩如生，蔚为壮观。真乃"山堂水殿，烟寺相望，林渊锦镜，缀目所眺"。石窟绵延千米，气势宏大庄严。详查史料记载，应在洛阳之前。

听罢云冈古曲，再睹北岳恒山。恒山横跨塞外，五百绵延，东近太行，西跨雁门关，南障三晋，北瞰云代。天气多晴朗之日，少云烟缭绕之时。俯瞰近看，顿有雄旷崇高之感。风景如画，气势壮观。山高路连绵，绿林如海瀚。不一工夫，便到悬空寺前。仰望道教圣地，挺拔山峦。刀劈屏峰②万仞山，东西绝壁鸟云旋。飞来绝有悬空寺，似有神灵用壁岩。"石屏万仞立，古寺半空悬。"殿宇楼阁，悬空峭壁之间，"危岩缀虚空，石阁轻如

164

纸。"风急呼呼，人楼颤颤。由低到高三层叠起，离地百余尺，相互交叉，起伏跌宕。三教殿③前奇悬巧，平视对映佛和禅。飞架栈道相连，游人曲折其间，虽心有惊虚，但品三教同居，顿感妙不可言。身处此景，阅尽沧桑历史而未改朱颜。悬空寺院独特，堪称世界奇观。"俯视行人小，飘然意欲仙。"不愧塞外名山，让人流连忘返。

沉醉悬空寺，神往五台山④。佛教圣地，游览山水，不可不看。五峰高耸，海拔三千。著名景点百余，大小寺院上千，僧侣尼姑近万。古刹宝塔林立，寺院星罗棋布，历代修缮。或柔和绚丽，或规矩谨严。方圆五百里，规模可见一斑。天色渐晚，静夜引车攀峭壁，深壑惊魂高路悬，深夜达五台，小宿农家院。身在山中，不觉层峦虎踞，势如龙蟠。黎明早早起，不顾大风寒。不知东台看云海，还是南台花洋见，不知西台挂月峰，还是北台览群山。人生在世，一切随缘。不论生活福和禄，但求人生平和安。"万圣今朝清真地，五岳光中自在天。"⑤短短两天逍遥游，四千里路水和山。叹现代生活，人生潇洒，路在脚前。

注：①云冈石窟：距今有 1500 多年的历史，始建于公元 460 年，由佛教高僧昙曜奉旨开凿，是我国最大的石窟之一，与敦煌千佛洞、洛阳龙门石窟并称为中国三大石窟艺术宝库。北魏郦道元《水经注》中记录云冈石窟壮景："凿石开山，因岩结构，真容巨壮，世法所希。山堂水殿，烟寺相望，林渊锦镜，缀目所眺。"

②刀劈屏峰：北岳恒山的翠屏峰，像被一把宝剑垂直劈开，壁立千丈，形成东西两壁，仰望令人眩晕，之间的空间叫青龙

峡。清邓克劢《游悬空寺》："石屏千仞山，古寺半空悬。净土绝尘境，岑楼缀远天。一弯岩半月，半壁画中禅。俯视行人少，飘然意欲仙。"悬空寺建在翠屏峰西面垂直的石岩上，距地面90多米，共有三寺，依次为三层、两层、三层建筑。整个建筑悬挂在石岩中间，有12根木柱支撑在岩壁上，令人惊叹不已。站在悬空寺里，平视对面的石壁，可以看到三个巨大的石刻字"佛""和""禅"。

③三教殿：悬空寺是国内少有的佛、道、儒三教合一的独特寺院，悬空寺的最高层有一座三教殿，供奉着三教始祖，中间为如来佛祖，左为圣人孔子，右为道祖老子三个神像。

④五台山：与四川峨眉山、安徽九华山、浙江普陀山并列为中国四大佛教名山之一，也是我国唯一兼有汉地佛教和喇嘛教的佛教道场。

⑤"万圣今朝清真地，五岳光中自在天"：五台山一副寺联。

2007年5月6日

寻根大槐树

参天之树，必有其根，怀山之水，必有其源。儿时，我曾问父亲自家姓氏根源，父亲告知我，没有家谱记载，只有长辈的口口相传：来自大槐树下。

父亲的话根植了我对大槐树的向往。终于，在"晋善晋美"的鼓动下，我和家人一起去了位于山西洪洞县城西北贾村西侧的大槐树下。

大槐树已发展为游览胜地，景区内的祭祖堂贴着"古槐后裔姓氏表"共有四百五十个姓氏，供奉着各姓氏祖先的牌位。这是经过专家学者的搜集整理佐证在六百年前从这里移民到全国各地的先人。据历史记载，元朝末期，元政府连年对外用兵，对内实行民族压迫，加之黄淮流域水灾不断，饥荒频仍，激起连绵十余年的红巾军起义。元末战乱创伤未及医治，明初"靖南之役"又接踵而至。冀、鲁、豫、皖诸地深受其害，几成无人之地。而元末战乱时，蒙古地主武装察罕帖木尔父子统治的"表里山河"山西相对显得安定，风调雨顺，连年丰收，经济繁荣，人丁兴旺。大量难民的流入致使山西人口稠密。明灭元后，为了巩固新政权和发展经济，从洪武初年至永乐十五年，在五十余年中，组织了八次大规模的移民活动。大槐树下就成了移民集聚之地，后来大多数移民从这里各奔西东。

现在，原来的大槐树早已不在，今天的大槐树参天伟岸，络绎不绝的寻根问祖者在树下徘徊回味、凝思仰望。站在大槐树下，虽不那么真切，但我却感受到了当年那些被遣散的移民即将流离失所的场景，似乎看到了他们那种无奈和迷茫的眼神。那时的他们，就像郁郁葱葱的大槐树上一片片脱落的叶子，随风而去，那生离死别的场景成为了历史记忆！

伫立在先人的灵位前，我有些不知所措。因为我知道，姓氏记载相当复杂，我国姓氏萌生于人类早期的原始部落，从司马迁《史记·五帝本纪》可知，"黄帝以姬水成"，故黄帝为姬姓，号轩辕氏。黄帝共传25子，他们散居各地，为新的氏族领袖，后又发展到101个属地并派生出510个氏。中华姓氏，既有一姓多源，又有几姓同出一支。有以国为姓、由语言讹传演变而来，有以邑名为姓，有以先人名或字号为姓，有以居住地为姓，有以祖上谥号为姓，有以爵位为姓，有以官职为姓，有以职业为姓，有因赐姓而改姓，有少数民族随地方官改姓的，凡此种种不一而足。

详查史料，谢姓始祖为伯夷。起源于炎黄或出自姜姓。炎帝传至商末，有后裔孤竹君其长子伯夷与弟叔齐一齐投奔到周后，反对武王伐商，武王灭商后，避之洛阳首阳山，不食周粟而死。其后裔留在周朝，成王即位后，封伯夷后裔为申侯，称申伯。厉王时，娶申伯之女生子为宣王。宣王即位后，封母舅申伯于谢国（今河南唐河或南阳）。公元前688年楚文王发兵攻申，不久灭掉申国。其子孙按照当时的习惯，以新都之邑名为氏，称谢氏，史称谢姓正宗，是为河南谢氏。

另外，经过战乱洗礼和族人迁徙，谢姓在我国分布甚广。除了河南谢氏之外，还有少数民族的涪陵谢氏、三谢蛮、瑶族谢姓、侗族谢姓、满族谢姓遍及全国各地。目前所见谢氏最早的一部完整家谱，是宋朝人汪藻根据《世说新语》和魏晋南北朝及隋朝史书编辑的《世说·陈郡阳夏谢氏谱》。全谱包括世系表、正文、别族、人名考补四个部分，收录三国至隋陈郡谢氏 94 人，附录会稽谢氏 4 人。这部家谱的现存最早刊本，藏于日本，与宋本《世说新语》汪藻《叙录》放在一起。另据两唐书《谢偃传》记载，隋末唐初有一人叫谢偃，卫州（今河南淇县，唐贞观元年移治汲县，即今河南卫辉市）人，他在隋朝任散从正员郎，于唐太宗贞观初年应诏对策高第，被太宗李世民任为弘文馆直学士，又调任魏王府功曹，受诏献赋，以能得规讽之意，受到太宗的称赞。谢偃的祖辈本姓直勒，他的祖父叫孝政，在北齐任散骑常侍，改姓谢。从这里可以看到，"敕勒川，阴山下，天似穹庐，笼盖四野。天苍苍，野茫茫，风吹草低见牛羊"也有谢家的影子。

中华民族的姓氏源远流长、丰富多彩，蕴藏着极其丰富的文化内涵。五千年华夏文明，就是不同血缘的姓氏宗族，在各个历史时期繁衍生息、播迁交融、兴衰更替的总汇。至于我家的姓氏到底来自何处，根在何方尚不能真切地做出定论，但有一点可以肯定，我们都属于中华民族。

谢家在我国姓氏中排在八大姓氏之列，作为中华民族的一支，我们备感骄傲。"江左风流王谢家，尽携书画到天涯。却因梅雨丹青暗，洗出徐熙落墨花。""旧时王谢堂前燕，飞入寻常百姓家。"这些流传千古的诗歌，足以看出谢氏家族对历史的重要影响。《三字经》中"蔡文姬，能辨琴。谢道韫，能咏吟"也有谢家才女的记载。作为谢氏后裔，应当继续勤奋工作，为中华民族做出更大的贡献才是！

赏心悦目乔家院

因为电影《大红灯笼高高挂》和电视剧《乔家大院》，始建于乾隆年间的乔家大院在失落了若干年之后，从冷冷清清的破旧宅院一下走红而蜚声中外。而今，那破旧但深含厚重文化和历史底蕴的院落，经过再一次精心策划和商业运作已是面貌一新。薄薄的青瓦、厚重的灰砖墙、精美绝伦的悬空雕花木柱，加上迎风摇曳的大红灯笼，展示着她独有的魅力。游客络绎不绝，即使在这萧条的秋天也未有一点寂寞之意。

走进乔家大院，你会情不自禁地为这个充满传统和现代生活气息的家园深感震撼而又心生崇敬。用目光仰视，用手轻轻抚摸，你会触摸到那个时代、那个商人的脊梁。你会闻到那个家园的芳香，你会穿越历史，回到商界翘楚乔致庸生活的场景。

那个在这片土地上土生土长的乔致庸，竟然勇敢地走了出去，足迹几乎踏遍了整个中国。从经营大豆、粮食开始，几乎垄断了整个大同的商贸业，而后又在平遥等地经营票号，形成了中国最早的金融业雏形，实现"汇通天下"，创造了清代商业的传奇。以乔家为代表的一代晋商，历经了乾隆盛世、鸦片战争、太平天国、辛亥革命，见证了清朝的兴衰荣辱。

乔家大院呈"囍"字形，是全封闭的城堡式建筑群。大大小小的院落不计其数，上层是女墙式的垛口，更楼、眺阁点缀其间。大门坐西朝东，上有高大的顶楼，大门上悬挂着"福种琅环"的匾额，黑漆大门扇上的"子孙贤族将大，兄弟睦家之肥"透出了乔家主人的希望和追求。中间为洞式门道，大门对面是砖雕百寿图照壁。百寿图两边，当时甘陕总督左宗棠所题"损人欲而复天理，蓄道德而能文章"道出了主人的胸怀和志向。大门以里，是一条石铺的东西走向的甬道，甬道两侧靠墙有护墙围台，甬道尽头是祖先祠堂，与大门遥遥相对。北面三个大院，都是正偏结构，正院都为瓦房出檐，主人居住；偏院则为方砖铺顶的平房，是客房、用人住室及灶房。既表现了伦理上的尊卑有序，又显示了建筑上的层次感。结构严谨，风格一致，浑然一体，用料考究，雕梁画栋，富丽堂皇，其设计之精巧、工艺之精湛，代表了清代我国古代北方民居的独特风格。

乔家大院的宅院形式多样，园中有园，正偏相连，房顶造型各异，大门翘角砖雕独特，形态有趣，木雕、砖雕、石雕都手艺精湛。

乔家虽为商人，其家中文化气息很浓，颇显文雅之风，大小庭院，对联考究。文人书画、古墨翰迹随处可见。置身廊前屋下，目不暇接，细细品味，那种赏心悦目的美感，浸润心田，令人流连忘返！

走过平遥

【题记】辛卯十月，秋色浓重，天高气爽，人尽游兴，几家相商，驾车邻省，大槐树下寻亲，乔家大院访名，观壶口瀑布，赏平遥古城。一路走来，一身轻松，恰如微醉，似梦非梦，韵味悠悠，余音重重。随记四则，依托心境。

我是在午后到达平遥的。那是秋天的多云天气，从云层的缝隙透出的阳光时隐时现，明暗相间的光线变幻着平铺在这个神秘的城池上，使平遥古城更显得迷人。走近古城，高高的城墙，由近及远一直绵延到云彩里，城里城外游人如织如同天上街市。沉醉中，我以虔诚和敬重，在古城墙根下，用手轻轻触摸着历经千年风雨的砖石，深深地吸气，仿佛要把积淀已久的沧桑纳入体内，分享沉淀于古城中的历史与秘密。

平遥史称"古陶"。春秋时置中都于此，汉置京陵县并筑京陵城。北魏始名平遥并筑城池。平遥城墙马面多，造型美观，防御设施齐备，为中国历代筑城之仅有，并以筑城手法古拙、工料精良著称于世，是研究中国古代筑城之制的珍贵资料。平遥古城是保存最完整的古城之一。古城墙将新旧两个城池截然分开。城墙以内，是古色古香的老城，保留了明清时期的造型。黄包车、当铺、商行、衙门等，记录着前朝旧事，氤氲着历史沉香。城墙以外，则是现代化的新城，霓虹闪烁，车水马龙。新旧两城比邻，古朴与现代对望，相映成趣。

从敞开的城门进入古城，可以看到每一条街，每一道巷都完整地保留了明清时期的建筑风格，若把视线伸向各个角落，你会在不同的角落拾起非同寻常的惊喜，会在随处的风景里，惊叹一个个精巧绝伦。各色生动细腻的木雕、砖雕、石雕，色泽艳丽华美的彩绘，一梁一檐一屋一瓦让痴迷的心一次次沉醉。

平遥古城的悠久与古老，写在带着沧桑的墙体上，斑驳而雄壮。远远望去，青砖蜿蜒，古老厚重中折射出柔美的光。缓步徐行，一丝秋风吹来，城墙的每个缝隙都似乎飘出风铃的余音。平遥古城以其特有的文化价值默然而立，不多言，也不自卑。来来去去的游客在它肩上凭吊历史，唏嘘之余再空发一些感慨，但于这古老的城，无非是叠印一些匆匆的脚印。它所能做的，无非是以深沉，以沉默，安然接纳南来北往的叩问。

我绕城墙一周，在一样的墙体上，进行着不同浮光掠影的追溯，试图用灵魂的撞击和交融，感受时间的沉淀和打磨。其实，我并不祈求弄懂脚下的一砖一瓦，只想看一看，在某个垛口感受一下历史吹来的风而已。

平遥的四合院比比皆是，这里的四合院古朴、精致，弥漫着儒雅的文化气息。雕廊画栋的造型，历史遗留的陈迹，以及小巧精心的布局，无不让人心生欢喜。朱红的漆色，繁复的镂花，曲径通幽的空间隔离，看似无意的花木点缀，每一处布局，都透露着一个个匠心独运。当然，大街上也有残缺不全的门楼，它们用斑驳的形体诠释着悠远的往昔。平民院落和官宦宅邸交错，有形的物事总是无声地昭示着贫富差异和地位高下。票房、当铺、商号、镖局、庙宇，彰显出往昔平遥的繁华。在繁华的街市上，最诱人的是店铺内琳琅满目的各色漆器，它们质地细密、色泽纯正，辅以各色鸟兽花石，优雅大方，既有现代的时尚美感，又不失古典的华贵，小到一枚发卡，大到家具装饰，每一件都可称得上是精美的艺术品。

漫步平遥古城，古朴中可体味其现代，繁华中可体味其宁静。昔日的富甲天下、名扬四海，早已尘封为四合院里青苔的斑驳和砖石的蚀损。细品平遥，沉浸其中，你便能从众人喧哗的嘈杂中抽身而出，仿若在月光满怀的悠远中，抚摸一份情有独钟的温情，收获一份隽永的微笑和祝福。

如同品读一首韵味十足的诗，穿越只有一墙之隔的古老与现代。打开两扇厚重的城门，抚摸着古老的城墙，如同把手搭在古人的肩膀上，在沉醉中审视，青的砖，绿的瓦，窄窄的石板路，印记一座古城的历史！

陕甘宁青游记

　　余好游，然疆土之大，名胜之众，虽逢年必访，仍有未至之地，未尽之景。稍有闲暇，便与文友倾其心思，一拍即合。遂驾车自中原沿黄河西行，过潼关，穿秦川，走陇上，北上西夏王国，南下青藏高原，顺渭水回转陕南。贯豫、陕、甘、宁、青五省区，途经洛阳、西安、平凉、吴忠、银川、中卫、白银、兰州、西宁、天水、宝鸡、岐山等五十八个市县。游览大云寺、延恩塔寺、同心清真大寺、塔尔寺、法门寺；登临崆峒山、须弥山、六盘山、贺兰山、日月山、麦积山；拜谒青海湖、黄河渊源、西夏王陵；参观红军青石嘴战地和西征圣地；欣赏沙湖、沙坡头、青铜峡一百零八塔以及青藏高原的风景；品味凤鸣岐山、凤凰山、五丈原、周公庙、钓鱼台等西周和三国文化。沿黄河而上，追踪华夏渊源；顺渭水而下，体验八百里秦川。北上西夏之地，领略塞外风光；走青藏高原、观异域风情。行陕南峡谷，体验甘东路道之难；走雍梁之地，倾听三秦文化之蕴含。日未出即行，暮已深而宿，日餐二食，风尘仆仆，大小景点二十有五，虽饥之辘肠，然饱尝眼福。追昔日之古风，抚今朝之文明。既敞启胸怀,又明其心志。行八千里路,读万卷史书。途中,辩与论,斗与争,苦与乐,吉与凶,大道与小径,日月与晨星,尘世与天宫,三界与修行,爱与恨,情与仇,嬉笑怒骂,寓情于景,寓旅于游,其乐无穷。历时十日,是年戊子年首秋二十九日记之。

平凉三章

【题记】甘肃平凉于我较为陌生，在西行路途中偶然相遇，使我对平凉这座"域伴陕宁，聚三省之形胜；地牵泾渭，贯四方之枢纽。丝绸古道，孕育物流重镇；欧亚桥梁，链接商贸码头"的城市有了了解。大云寺、延恩塔、崆峒山便是展现于眼前的平凉三章。

泾川大云寺

车行泾川境内，忽闻道左山上高耸一宫殿，名曰"王母宫"，是王母举办蟠桃盛会宴请群仙的地方。路右，矗立崭新一寺，近前，门楣之上赫然"大云寺"三字。整体规模宏大，气势壮观。阅读古寺简介，历史可追溯到公元 600 年。当时，隋文帝大兴佛事，十四粒舍利被高僧送往泾川，在大兴国寺兴建舍利塔和地宫供养。后武则天敕令建大云寺珍藏《大云经》。泾川奉命把原塔基下的舍利石函取出，选择了当时最珍贵的珠玉宝石做成铜、银、金棺，并以琉璃瓶盛放十四粒佛祖骨舍利，再配以石函，重

178

新安放地宫，建塔供奉。千年过往，大云寺遭遇战火和自然灾害而尘封地下。六十年代，村民集体劳动时，一铲下去，便有了惊人发现。

目下，大云寺虽为新修，但依然古香古色，且在隋代大兴国寺原址之上，若论起佛祖舍利数量和发现时间，远在扶风法门寺之前。同为古寺，皆有佛身舍利，且葬奇珍异宝，而比起法门寺形势，暗自伤感。如若香火不旺，只因时运不济，投资太浅。

大云寺历史悠久，今睹其风采，纯属天赐佛缘。

借宿平凉

在高速公路上行驶，旅人的眼睛总是不倦地捕捉窗外的风景，即是短暂的一刹那，也会有片刻怦然心动。速度快，时间更快，不觉便到了归宿的时刻。顺着汽车方向，不远处，路边一座小城在夕阳的余晖里映入眼帘，城中一塔高耸，引人注目，这城便是平凉，这塔便是延恩塔。

平凉位于甘肃东部，六盘山东麓，泾河上游，是陕甘宁三省的"金三角"地带。她横跨关山，东邻咸阳，西连定西、白银，南接宝鸡、天水，北接宁夏固原、甘肃庆阳，是陇东传统的商品集散地，也是"丝绸之路"必经重镇，素有"陇上码头"之称。若在此借宿，既可瞻仰古塔风姿，亦可领略"码头"上的繁荣。

泊车相问得知，此处为平凉古八景之一。高塔耸立在公园内，名曰延恩塔寺公园。大门匾额，书写"平凉市博物馆公园"，公园为市民休闲之地，并无门票。轻易走进，院内古槐参天，古香古色，清静怡人。密林深处，宝塔屹立，古槐塔影相得益彰。

宝塔名曰"延塔"，七级八角，平面楼阁。建于明代弘治年间，有五百多年历史，因在延恩寺内，又是佛教寺院，故名延恩寺佛塔。塔门之上，刻有"大明古迹"字样，旁有一碑，书写延恩塔简历。塔高约三十米，内有木梯，登塔远眺，平凉城尽收眼底。

公园中心，是现代仿古建筑平凉博物馆，宏伟华丽，是园中主角。经了解，这里原为明代韩王紫禁城旧址，后为正学书院，专供韩王子弟读书。博物馆内，无数珍宝，其中，"丝路遗珍——平凉佛道教文物艺术陈列"最为珍贵，分佛教文物、藏传佛教文物和道教文物三部分，展示了丝路重镇平凉佛道教文物艺术的瑰丽面貌。"文华物宝——平凉历史文物精品陈列"分"曜石开天""古陶文明""青铜光华""美玉琳琅""雅瓷映辉""奇珍异彩"六个部分，系统展示了平凉悠远深厚的历史底蕴和灿烂丰富的文物资源。

离开流连忘返的博物馆，平凉城已是灯火阑珊，趁打点晚餐的时间，一览平凉夜景，赏心悦目。夜宿宾馆，辗转反侧，不能成寐，为这厚重的历史，更为祖国的大好河山。

问道崆峒山

自平凉向西十余公里，有一道家之所，名曰崆峒山，盖有空灵钟秀之意。海拔两千之余，峰林耸峙，危崖突兀，幽壑纵横，涵洞遍布，尤以仙人广成子修行之地并黄帝问道得养生之术闻名。因此，造访者纷至沓来，络绎不绝。

崆峒问道之心，思来已久，时下近在咫尺，便急不可耐。次日卯时，同行者即呼唤上道。然天不作美，恰逢乌云沉沉、阴雨绵绵。穿云过雾，不足一时，便到崆峒山下。雨蒙蒙，昏暗暗，崆峒山前门不开，后门紧闭。绕山前后，未得登山之道，只有仰望崆峒，长吁短叹。

眼前的崆峒山，在朦胧之中尤为别致，更显神秘。朝暮氤氲苍翠巍峨的主峰，在乌云缭绕里直插青冥。此时，那峰巅天宫广成老道可能正稽首打坐闭目养神，静待世人问礼。而此时，我等却在山下苦于登山无道。此情此景，对于传道和问道者，莫不都错失了良机？这难道不是遗憾？

其实，当年皇帝问道，广成仙子对凡间难题尚未一一解决，即便今日有缘上山问道，那位仙人也未必能尽如人意，解释圆满。也许，我们无缘领略山巅那些疏密相间、错落有致的亭台轩榭，道房禅院，是悬而未决的天机，也许，未能谋面的玄机本身就是道家设立的棋局。想到这里，我们为不能登山而未免凄楚的心境豁然开朗起来。天道有机缘，见与不见，皆为自然。

雨滴在朦胧的天空中密织下来，是为我们惋惜，还是为我们庆幸，不得而知。我们依然怀揣一份虔诚，在山前刻有"崆峒山"巨石前留影作罢。此时，天虽未大亮，但光明了许多。

崆峒山为国家 5A 级旅游景区，人文自然景观古朴灵秀，古建宫观寺院更是别具一格，有"八台九宫十二院"之说。因山势陡峭，房屋均依山而建，纵然是狭窄斗室，亦各有道士把观常驻。此地为秦人的发祥地，处于古文化传播中心带，早在道教产生之前，即常有人来此筑室修行。历经几千年的沧桑，这里的道士依然神闲意淡、生活简朴，即使游客近前观瞻，亦心无旁骛，默默打坐静修。皇城位于崆峒山主峰马鬃山顶，这组明代建筑群，果真如帝王的皇宫般富丽堂皇，保存得很完整。磬音清脆明亮，余韵袅袅，伴着朋友的娓娓讲解，一些崆峒山的神秘传说渐渐还原成模糊的历史回音。

相传上古黄帝曾"崆峒驾鹤游"，为治国安邦大计来此问道，被广成子斥拒后，黄帝"捐天下，筑特室，席白茅，间居三月，复而邀之"，参悟生命真谛，最终"鼎湖乘龙去"。秦皇汉武平定天下之后亦来此求问长生之道，均抱憾而归。据《淮南子·览冥训》记载，长生不老之药后羿是曾得到过的，为西王母所赠，被妻子嫦娥偷食，奔月而去。西王母的祖祠就建在平凉泾川西郊的回山上，山麓间草木葳蕤，掩映着一座人间仙境——瑶池。西王母宫初建于汉武帝元封元年（公元前110），宋代重修，之后历代曾多次修葺并刻碑铭记。从现存最早的宋开宝碑刻上，我们清晰地读到了周穆王、汉武帝浪漫的西王母文化情结，这情结里包裹着人类曾经演绎在丝绸古道上对和平与长寿的祈福。"八骏日行三万里，穆王何事不重来。"唐朝诗人李商隐客居泾州时留下的千古绝唱，在这片闪烁着人性光芒的沃土里发酵着，催生出诸多文人墨客曼妙的想象与凭吊，播下了诗歌浪漫的文化基因，泽被后学。

探寻须弥山

从六盘山到须弥山，是一条烙满古人脚印的丝绸之路，一路上，深沟险壑，道路崎岖，汽车颠簸前行，不禁让人想到古人通商之艰辛，也让人想到当年先贤开国之艰难，同时也为祖国的大好河山而自豪。脚下这片土地，既有古人的智慧，亦有现代伟人的豪迈，难免心生思古恋今之情。充满神奇色彩的须弥山，就在我们预先设计的线路上，所以，无论山路怎样，我们也要一睹她的芳容。

须弥山石窟为佛教石窟寺，位于固原西北五十五公里寺口子河北的山峰上，始建于北魏，西魏、北周、隋、唐继续营造，以后各代修葺，是我国十大石窟之一。须弥山与关山对峙，峡口逼仄，岩石嶙峋，傍有流水，山水相依，是西北黄土高原上少有的风景区。大型石窟艺术造像，就开凿在山的诸峰峭壁上，和名震中外的敦煌、云岗、龙门石窟一样，都是我国古代文化瑰宝。站在山下，仰望须弥山，山峰之上，大佛色调古朴、气宇轩昂，面庞丰满、肩宽体阔，容颜含笑、目光慈悲，安然凝视凡间世事，佛光普照。

须弥山石窟开凿在鸿沟相隔的八座石山上，格局奇特。山崖绝壁上有一百六十余座石窟，依次有大佛楼、子孙宫、圆光寺、相国寺、桃花洞等八区，山谷之间有梯、桥相连。石窟随山势起伏而变化，或临川而开，或雄立山巅，或蔽于山凹，上上下下，时隐时现，神秘得耐人寻味。

须弥山石窟艺术如此之美，却游人寂寥，未免在欣羡之余，心生几分哀叹。这可能与山高路远有关。若能瞻其风韵，沐浴"须弥之光"，定是天机善缘！

怀着一份尊崇，轻轻从大佛面前走过。轻轻地，我来了，又轻轻地离去，我带来了一颗虔诚之心，又带走了我顿悟佛旨心存善念的美意！

青铜峡·一百零八塔

　　蜿蜒北上的黄河在宁夏牛首、峡口两山的狭缝中穿过，人们用智慧的双手在此建坝发电，不仅让那汹涌而来的黄河之水给人们带来福祉，也让那波涛汹涌的激流变得平缓温柔，成为一处美丽的风景，这便是青铜峡。

　　赶到青铜峡时，晚霞的光辉映照在宛若铜镜的黄色河面上，泛起微微发红的光亮。山光水色相映，恰似青铜，古色古香，让人联想到青铜峡名字的出处。相传，青铜峡峡谷的形成与大禹治水有关，远古时候，黄河之水由于贺兰山的阻挡而堰塞成湖，大禹到此，看到上游因湖水受阻形成水涝，而下游无水旱情肆虐，为解救百姓苦难，治水英雄举起神斧，奋力开山，只听一声巨响，中间豁然出现一道峡谷，黄河之水得以疏通，下游旱情得到解除，上游不再有涝灾，农田滋润肥沃。就在大禹劈开贺兰山的时候，满天的晚霞把牛首山青色的岩石染成了迷人的古铜色，大禹见此情景，兴致勃勃地提笔在山岩上写下了"青铜峡"三个大字，从此这段峡谷便有了青铜峡的美名。人们为了纪念大禹的功绩，就在他住过的山洞旁，修建了一座禹王庙，并写诗赞道：

"河流九曲汇青铜，峭壁凝晖夕阳红。疏凿传闻留禹迹，安澜名载庆朝宗。"

站在坝上，远远望去，对岸山上的一百零八塔在夕阳下似有几许沉静。乘小游艇横渡，漂流在细浪潺潺的湖面，心悬深水的一丝惊险，在颤抖中更牵引出一种美妙。

一百零八塔是西夏始建的喇嘛式实心塔群，佛塔依山势自上而下，按奇数排列成十二行，为总体平面三角形，自成一景。塔体形为覆钵形、八角鼓腹尖锥形、葫芦形、宝瓶形。如此众多的塔体，按规律组合成群，在古塔建筑中实为罕见。

一百零八是佛教惯用的数字。佛教认为人生有一百零八种烦恼与苦难，为消除这些烦恼与苦难，念佛要一百零八遍，敲钟要一百零八声，一百零八塔是那些捐资造塔的"功德主"为消除人生的烦恼与灾难而特意建造的。

一百零八塔造型丰富，端庄典雅，给人以善意的提示。青铜峡，下应民意，用智慧，默默给人们以光明的指引。层层叠叠的宝塔与安若磐石的青铜峡，带着神秘，带着绵延不断的虔诚，带着时间刻画过的痕迹，静谧地屹立着，深沉面对游人，一任来者善意的猜度。伫立坝上，仰望塔台，眺望黄河之水滚滚北上，心存几分感悟，那塔，那坝，留下的是善念，是福祉，那缓缓流过的黄河之水，不仅是时间，更是人生沧桑。

天水麦积山

"麦积山者，北跨清渭，南渐两当，五百里冈峦，麦积处其半，崛起一石块，高百丈寻，望之团团，如民间积麦之状，故有此名"，这是五代时期《玉堂闲话》里对麦积山的描述。

麦积山石窟是我国四大石窟之一，也是闻名世界的艺术宝库。麦积山奇峰独立，周围山奇林郁，溪石联映，风景优美。麦积山石窟，荟萃了后秦、西秦、北魏、西魏、北周、隋、唐、五代、宋、元、明、清等十多个朝代佛窟龛近二百个，泥塑石雕万余身，壁画一千余平方米。"其青云之半，峭壁之间，镌石成佛，石龛千室"，正是这些丰厚的文化蕴涵，使我生出一睹风采的心愿。

麦积山位于甘肃天水东南五十公里、被誉为"秦地林泉之冠"的秦岭山脉之中。从兰州沿渭水东行，一路沟壑错横，横亘连绵，高山草甸，层峦叠嶂，大自然的秀丽风景让我们忘却了行路之难。过天水不大工夫，就进入了麦积山风景区。入景区，绕过一道弯，即到麦积山下。

仰望的视线里，是突兀而起的孤立山包，外形浑圆，像少时在乡村麦场爬上打闹的麦秸垛，高不过二百米，但形状奇特，正对处，依崖而凿的三座佛像，高大惹眼。右边已损，面目全非；中间释尊，法像庄严，气度深沉；左边的菩萨侧身而立，衣带秀逸，神情祥和，右手握莲花贴于胸前，左臂贴身垂落，眼神深邃，眉若举若放，唇似张非张，侧脸依墙，凝视远方，似有千言万语欲与人讲。"惊人的内心世界、极富表现的构图和雄伟的形体"令人在心领神会中，生出无限的尊崇之情。

石窟开凿在峭壁上，分布于东西两崖，有的距山基二三十米，有的达七八十米。栈道云梯修筑于悬崖，浅龛深窟开凿于峭壁。龛窟密如蜂房，依窟建檐，格局独立，各窟之间，铺垫以层层飞栈，并以"之"字相连，扶栏行走，心惊胆战。其建筑之高超雄伟、工程之奇险浩大，令人称绝。

目力所及，姿态各异、栩栩如生的众多佛像、菩萨像、罗汉像、力士像，依次跃然眼前。端详佛像，或盘腿打坐，或肃穆而立，善目慈眉。与佛相视，恍若古今同生一世，心灵之悠远融于一霎。

麦积山石窟造像，以泥塑艺术最为精美，亦最具特点，曾被历史学家范文澜誉为"陈列塑像的大展览馆"。这里的泥塑大致分为突出墙面的高浮塑，完全离开墙面的圆塑，粘贴在墙面上的模制影塑和壁塑四类。大的高达十余米，小的仅有十多厘米，系统地反映了我国泥塑艺术发展和演变过程，其中，数以千计与真人大小相仿的圆塑，极富生活情趣，体现了千余年来各个时代的塑像特点，被视为珍品。

麦积山景区二百余平方公里，包括麦积山、仙人崖、石门、曲溪和街亭古镇五个部分，由于时间关系，来不及全部参看，便依依作别。

别过麦积山，天已灰暗下来，趁着夜色将麦积山打开，回味着惊喜，感慨着遗憾，作家耿森林当即赋诗："灵岳美名冠甘南，千座禅龛万仞关。山笼轻烟凝碧树，树催浓雾润苍山。佛尊莲生青天外，飞天带飘白云间。红尘兴废几百度，麦积犹驻菩提颜。"我们在品诗之韵中，思想已随车轮渐渐回归现实。

失落的西夏王朝

西夏王朝在中国历史上占有举足轻重的一页，自李元昊称制建元，立国朔方，前阻大河，后枕贺兰，雄踞上游，虎视关中，以一隅之地与宋辽金周抗衡二百年。这在中国历史上不能不说是一个奇迹。可能是由于西夏亡国时惨遭成吉思汗的蒙军涂炭而文献散亡的缘故，零星的西夏历史资料逐渐湮没，党项民族也默默消失在历史的长河之中。

阅读历史，不禁为西夏王朝所折服。到银川淘金也好，领略北国风光也好，普遍有寻找西夏王朝足迹的期待。我们一行就是带着那种奢望而来的。

从银川放马西去，贺兰山层叠逶迤，栖息在山麓的西夏王陵，宣示着这里曾经的辉煌。行至王陵，土红色四方墩形阙楼造型的大门映入眼帘，墩上的四角攒尖顶彩画方亭，阙壁间镌刻的西夏文"西夏王陵"显示着并不多见的西夏建筑风格。门前广场里，除塑造一些西夏先民生产生活的劳动场面外，还建有两座人鸟合一的佛像，上半身为全裸人身，国字脸，面丰腴，阔鼻，双颏，眉细弯，长目，厚唇，长耳下垂，头戴法冠，双手合十于胸前。下半身为鸟形，张双翼。此人鸟合身有双翼的佛像，显示出唐代时期西夏特有的佛教造像的艺术风格。

放眼西夏王陵，一片凄楚荒凉，走进陵园，来来去去的游人增加了这里的温度。西夏博物馆，有专门的解说，那里陈列了西夏民族的重要文物。西夏文、出土于贺兰山宏佛塔的罗汉像、力士像等西夏雕塑以及出土于黑水城遗址的《弥勒佛图》和《阿弥陀佛接引图》等绘画，在艺术上都达到了相当的高度。贺兰山宏佛塔、拜寺沟方塔等，体现了西夏建筑艺术的辉煌。王陵陪葬墓出土的鎏金铜牛，造型质朴，金光灿灿，展示了西夏较高的铸造工艺水准，堪称国宝。陈列品最引人注目的除双翼合十陶制佛像外，另有方形汉白玉雕力士石碑座，体量甚大。力士面部造型夸张，高颧突额，豹眼塌鼻，阔嘴獠牙，双乳甚巨，两手扶膝，蜷伏于地。非男非女，有古代北方胡人特征，应为党项族人。流连其中，可以从那些珍稀而妙趣横生的西夏文中初识中华文明的发展。

由博物馆前行至御道，复北行，直通陵区。九座西夏王陵和二百六十多座贵族陪葬墓星罗棋布地矗立在贺兰山下，他们默默无闻地在此沉睡了七八百个春秋，满眼单调的黄色中一派苍凉，当年画栋崇楼、檐铃叮咚的繁盛已和叱咤风云的陵墓主人一样化作尘埃，成为遥远的记忆。

西夏意味着偏远、古老和神秘，蕴含着许多引人遐思的历史之谜。望着被誉为"中国金字塔"的西夏王陵，从失去辉煌的沧桑里心生一丝惆怅。一个党项民族的王朝，曾与宋、辽演绎着三足鼎立的场面，隐遁在贺兰山下，虽被历史的风尘销蚀了本来面目，但也见证了这里曾经有过的辉煌。

贺兰山下一沙湖

　　提起贺兰山就想到了西夏之地，想到了岳飞的《满江红》。其实，宁夏的名胜古迹除了西夏王陵、贺兰山岩画、月牙蓝顶的清真寺外，就自然风景而言，还有贺兰山下的沙湖。

　　受岳飞《满江红》的影响，在我脑海里，贺兰山下就是金戈铁马、横尸遍野、血染战袍的战场。至于岳飞是否到过贺兰山，至今仍有许多质疑，但在太平盛世的今天，到被称为"塞上江南"的宁夏平原、到朔方的黄河故道、到贺兰山下的沙湖，在体味厚重历史的同时，领略塞上明珠的江南气息，不能不说是一次不可多得的"艳遇"。

　　贺兰山位于宁夏与内蒙古的交界，南北走向，以西是腾格里沙漠，以东是河套平原。行走在贺兰山东的河套平原上，山峰连绵的贺兰山百里横亘在岚气的蒸腾中，巍然如大漠勇士，形若骏马仰首奋蹄，像蔚蓝绚丽的屏风，呵护着塞上江南的美丽。此值秋天，青山绿野中飘着稻香，满眼秋色在山水之间涵养着贺兰山的沉静，显得尤为和谐与纯美。

　　贺兰山下的沙湖因其独特的南沙北湖、湖润金沙、沙抱翠

192

湖、天水一色而誉名中外。目下的沙湖依于贺兰之怀，躺于沙漠之上，轻盈柔曼。茫茫水面之上，杂草丛生，群鸟悠然。沙漠的豪放溶入明净的水域，江南的秀水放置于神奇的大漠，江南塞上浑然一体。凝神长望，那山、那水、那雾在视觉里如月光般柔和。那湖中苇丛，如茂林修竹，绿里透黄，微风吹来，芦花茫茫，让人心神荡漾，如痴如醉。

宁夏平原湖泊众多，多由黄河改道及低洼泉水，以及雨后的山洪聚集而成。沙湖是其中颇具代表性的湖泊之一。东有黄河之源，西有贺兰山天然屏障。贺兰山既阻止了冬天西北季风的侵袭，使从西边腾格里沙漠吹来的飞沙沉积下来，又阻挡了春季从东边乌兰布和沙漠的天外来沙，使两处的沙子形成了合围，形成沙漠丘陵和湖水相依的独特景观。

眼前的沙湖犹如梦如幻，朔方荒芜和戈壁荡然无存，有的只是一片又一片的绿色点缀在一望无际的清澈见底的水面上，各种鸟类，或水中闲游，或天空飞翔。若不是堆积成山的沙丘被阳光照射得金色耀眼，便以为身在江南了。

我到过大漠戈壁，水与绿色是最具诱惑力的，月牙泉以极其温柔的爱抚，给了鸣沙山难以忘怀的记忆，胡杨林的点滴水域，让那片土地之上的生命，顽强生长出世人仰望的辉煌。沙漠里水源甚少，即便寻到一隅绿洲，也不过浅浅的一汪，湖泊多栖息在青山绿树之间，此间草木盈盈的湖面，怎能与沙漠的荒凉联系在一起，眼前浑然一体的沙漠与湖泊，让不相容的事物自然协调得如此理所当然。

神游在游艇上，广阔的水域对岸，便是金黄的沙山。这朔方炽烈的沙山委婉在绿色水雾之间，让熟悉的南国碧水与朔北黄沙惬意地连在一起，构成了一幅沙漠山水的神来之笔。画卷里，悠然的水面上，几簇芦苇点缀在一个个小小的沙丘周围，比起柔美的江南芦苇多了几分挺拔。

船停泊在码头，金色的沙丘已矗立眼前，游人很惬意地和自然融合在了一起，他们亲热着阳光，爱抚着沙漠，亲吻着湖水。在他们的沉醉里，我也不能自拔并深陷其中。干燥的风带着细沙的滚烫热敷着我的身体，和在湖面之上的凉爽与湿润形成沙漠与湖泊的强烈反差，但这僵硬的沙粒一旦和水融合便有了可爱柔情的一面。可见，任何事物均非绝对，眼前的沙漠和湖水，以及纤弱的芦苇与飞鸟虫鱼，构成的和谐景观，难道不是自然美的交融吗？

时间在一种忘情中流逝，远远的，一行驼队缓缓前行在午后的沙漠里，悠扬的驼铃声由远而近，带着大漠独有的厚重与沧桑，向来者轻轻诉说一个古老的故事。我顺着剪影般的画面，让想象一直向前延伸到远方，延伸到丝绸之路，延伸到世界各地……

太公钓鱼台

姜太公是家喻户晓的历史人物，"姜太公钓鱼——愿者上钩"更是众人张口就来的歇后语。登上凤鸣岐山、拜过周公庙之后，顺路去姜子牙钓鱼台，看看那条明澈的蟠溪河，看看被大脚踏出深陷印痕的大石头，看看上天信使曾经的垂钓场面，体味文王访贤的情景，那会是怎样一种状态！

钓鱼台景区位于陕西省宝鸡市的天王镇境内，南依秦岭，北望渭水，山门坐南朝北、飞檐斗拱、雕梁画栋、气势雄伟。进入山门，映入眼帘的是一个一丈多高的汉白玉雕像，所雕之人庄重站立，凝眸前方，怀抱封神榜，神情自若，此人就是辅佐文王成就大业的姜子牙。不知道姜子牙真容如何，眼前的塑像是否还原真身不得而知，但就一个封神者，已经足以让人俯首称臣了。这是神话，正是由于神话，才有好多疑问无法解释，正是神话，才让文王不得不到此求贤。相传，姜子牙钓鱼，"背水肩竿，长竿短线，离水三尺，直钩无饵"。其意不在钓鱼，意在钓王。"宁在直中取，不向曲中求；不为锦鳞设，只钓王与侯"，意在志气凌人，更体现上苍圣意，否则，文王绝不会到此，历史也不会留下求贤的佳话。

向前走进入宫门，宫门顶上黑底铜字"封神宫"刚劲有力。此宫为迷宫布局，配以声、光、电营造一种神秘和恐怖，取材于《封神演义》的情节，没有几分胆子，是不敢经过的。提着几分胆子，在惊心动魄中，再一次重温商王朝从兴盛走向灭亡的过程，妲姬入朝、比干掏心、文王伐纣、摘星歌舞……到纣王自焚，让人产生对历史的叹息。

　　出了封神宫，顺西侧往前走，俯身下望，有一河流，此时秋水正涨，但溪水清澈见底，急流湍湍而过，哗哗作响。溪谷两边奇峰对峙、巨石兀立。闭上眼，静听水流，便知是神秘的磻溪河了……

　　磻溪河中央横卧一块石头，石面平广，躺卧跪伏均可，这就是传说中当年姜太公钓鱼的地方，即为姜子牙的钓鱼台。我仔细打量着这与世无争的幽僻山林水畔，浅浅溪流静静流淌，那块有着姜子牙印记的石头，印有姜太公垂钓十年跪出的膝印，膝印旁有一条粗如手指的天然石印，颇像一根鱼竿，竿顶有水色细纹盘绕，活似钓鱼时放置竿纶印下的痕迹。郦道元在《水经注》虽有此记载，但我依然怀疑这印痕的真伪，我在已经神化了的历史故事中，也有了"安知渭上叟，跪石留双骭"的感慨。

　　沿溪水再上约两百米，河中有一巨石，上写"孕璜遗璞"四个大字。此石上大下小，头重脚轻，似倒锥状屹立在溪水之中，溪水沿石底流过，摇摇乎欲倾，巍巍乎雄险。此乃姜子牙钓鱼时的丢石，又名钓璜灵矶。相传这璜石乃是姜子牙钓得的一条大鲤鱼，其形不凡，剖开鱼肚，得到鸡蛋大的石头，顺手朝旁边一丢，不料这小小石头顺势飞到溪流旁边的一块空地，且越来越高、越大。钓鱼得璜是姜子牙的发达征兆，璜石自然也就被称为灵异之物，传而久之，言说此石有宝，有缘人扔一石子能落其上，巨石可赐福得子。

钓鱼台庙宇星罗棋布。据钓鱼台碑碣记载，磻溪钓鱼台自唐便设神修庙，计有庙宇、祭堂十七处，殿、廊、楼、台共四十余间，有文王庙、太公庙、三清殿、临溪殿、望贤台等。文王庙依山而建，其位居高临下，庙前四十九个台阶，三间三进，庙堂重瓦巍檐，楹檩斗拱，布局严谨，巧夺天工。大殿正面是周文王像，背面塑有文王妻太姒像，俗称百子娘娘。文王庙最后是姜嫄圣母洞，也依山而建，洞厦结合，洞外有厦，厦上有柏；洞内塑有姜嫄像，传说是神农后稷的母亲。太公庙坐落于文王庙脚下，大殿气宇轩昂，飞檐斗拱，雕梁画栋，古色古香，庄严端正。庙前有四株参天古柏，枝繁叶茂，苍翠欲滴，挺拔葱郁。三清殿与文王庙隔河相对，翠柏掩映，是一组结构严密、别具一格的建筑，其上殿塑有三尊像，即太上老君、元始天尊和通天教主。过厅楼上为玉皇大帝，左右是三官庙（即天宫紫微大帝、地宫青灵大帝、水宫旸谷大帝）和三法庙（即真武祖师、雷祖大师、张道陵大师），这些庙依山势、殿随地形，布局得当，错落有致。

"观云几度斜阳外，磻溪十里映苍苔。宁待帝王三常耀，不取金鳞六韬开。九载钓闲启国瑞，八百履忙消民灾。风雷一部封神榜，千古雨雪钓鱼台。"此诗道出了姜太公在百姓心目中的地位。姜太公垂钓，传奇也罢，真实也罢，故事就在这一次王侯将相的相遇中发生了，遇见就是天机，更是人谋。"操行有常贤，仕宦无常遇。贤不贤，才也；遇不遇，时也……"姜子牙和周文王有幸知遇而得周朝兴盛，也是当时社会发展的必然。

拜谒塔尔寺

　　一直以来，藏传佛教对我而言总有一丝神秘，在西藏除了那一碧万顷的蓝天白云和直插云端的雪山，以及青翠的草场外，就是经幡飘飘的寺院和摇着转经筒的信众。

　　我去过西藏，亲历并感受了那种震撼。藏传佛教于公元 7 世纪由密宗传入西藏，11 世纪开始陆续形成各种支派，直到 15 世纪初格鲁派的形成，其派别分支才最终定型。格鲁派在六派之中势力最大影响最深，达赖转世和班禅转世系统都出于该派，藏区五大寺庙均属该派。该派的形成使藏传佛教的哲学思想臻于系统化，在政治上，促使西藏"政教合一"占据着藏传佛教的统治地位。由于该派僧人戴黄帽，俗称"黄教"。

　　居于青海省内的塔尔寺，因是格鲁派创始人宗喀巴的诞生地，故在藏传佛教中的影响仅次于布达拉宫，被信教群众称为"第二蓝毗尼"，誉为"三地唯一明灯"。

　　带着一份虔诚，也有一份好奇，在秋雨蒙蒙里，踩着泥泞来到塔尔寺朝圣。

　　塔尔寺周围的山，既不雄伟又不翠绿，既无奇石又不见树木，山下的一箭之地，既不平坦也不宽敞，但因环抱寺院的山地酷似一朵盛开的莲花，故美其名曰莲花山。塔尔寺就在莲花山的坳里。

抬眼望去，一排排房屋依山而居，三两处金顶的殿宇在阴郁的天空下发出不太耀眼的光，八宝如来塔由东向西排列在寺前的广场正中。近前细看，依次为莲聚塔、菩提塔、和平塔、神变塔、降凡塔、息诤塔、胜利塔和涅槃塔，塔形皆为下方上圆，底座青砖砌就，塔身呈白色，青白相间，整齐有序。

错落有致的塔尔寺建筑，以大金瓦殿为中心向四面依次展开。金瓦殿，坐西向东，面山背岭，紧依山崖，雄踞诸寺之上。屋顶飞檐四起，斗拱纵横，雕梁画栋，描金绘彩，绚丽无比，屋顶系镏金铜瓦覆盖，殿脊装有金轮、金鹿、喷焰宝饰等珍贵饰物，耀眼夺目，蔚为壮观。

进入塔尔寺内，你会在那古老与静谧中放慢脚步。大小金瓦殿、大经堂、如意八宝塔、菩提塔、僧舍如神来之笔描绘出深奥的蕴涵与神秘和肃穆庄严。人在其中，好像在恍若隔世的神殿里走入梦境般的天上人间。不论是梵宇、经堂、佛殿，还是僧舍、寺院，无论是铸佛、雕像，还是灵骨塔、佛经，随处可欣赏到精美绝伦的佛教艺术。每一条小道，每一处黛瓦白墙的古老门楼，都蕴含着佛与众生相互缠绕的诗意风景，无处不有的神秘，随时会带给来者意想不到的神奇，并在这一神秘的梦境中沉醉。

酥油花、壁画和堆绣被称为"塔尔寺三绝"。据说酥油花是当年文成公主和松赞干布联姻时从长安带来的，为了表示对公主的尊敬，在佛像前供奉酥油花逐渐成为藏教的习俗。塔尔寺的壁画染料选用的是矿物染料，有的直接绘在栋梁上，但更多是绘在布幔上，或悬挂或钉在墙上，经年色泽艳丽。堆绣是用各种颜色的绸缎剪出各种形状，再把羊毛、棉花之类的东西填充进去，绣上佛像、佛教故事、山水、花卉、鸟兽之类，有着极高的艺术价值。

塔尔寺还是一座佛教高级学堂，内设有显宗、密宗、天文、医学四大学院。另有跳神舞院、印经院等，培养了许多大德高僧，创作并保存了许多珍贵的民族宗教文化遗产。

匆匆而来又匆匆而去，来时已近傍晚，又逢秋雨阴郁，塔尔寺略显几分清冷，暮色之下的塔尔寺，依稀听到袅袅的诵经声缭绕在殿堂的上空，天籁般的声音让信仰在几分寂寞里渗入灵魂。在这肃穆庄严的场景里，更能感受到佛门圣地静心修行的气氛。

可以想见，白天的朝拜者与善男信女长跪与叩首的热闹场面，也可以揣测出不同来者的不同心事，无论朝圣旅游也好，祈祷问询也罢，无论怀揣何种目的，都是在佛光普照之下的一段善缘。

依依回眸，我的思绪停留在塔尔寺幽静的院里，五彩斑斓的藏族挂饰、礌礐、夯实的土坯墙、玛尼堆、风中飘动的五色经幡和转经筒、奶酪、糌粑、酥油灯、青稞酒，长跪不起的匍匐叩拜，如同影像配以远古神音，在我的心灵萦绕。

凛凛扶风法门寺

一座寺，隐藏一段秘史；一座寺，牵出一个盛唐；一座寺，成就一座佛都；一座寺，书写一段神话。这就是扶风法门寺的传奇。

法门寺位于陕西省扶风崇正镇。公元前 3 世纪，印度阿育王遣使弘法，在此埋下释迦牟尼的一枚指骨舍利，史称"圣冢"，东汉时建塔成寺，元魏期间已成为中国四大佛教圣地之一。至唐代，改阿育王寺为法门寺，并建成占地数十平方公里世界最大的佛寺瑰琳宫二十四院，成为当时全国佛教的朝拜中心和总道场，钦定为李唐王朝唯一一座每三十年启迎一次佛指舍利的皇家寺院。

世事沧桑，风霜雪雨。随着岁月的流逝和数不清的天灾人祸，法门寺在默默的衰败中渐渐淡出了人们的视线，成为古老长河中被忘却的记忆。1981 年 8 月，明代重修的十三级砖质建筑真身宝塔坍塌，法门重修。1987 年农历四月初八，人们在清理塔基时意外发现了唐代地宫。随着释迦牟尼一枚灵指和三枚影骨的横空出世以及唐代地宫数千件供佛珍宝的出土，法门寺拂去千余年岁月沧桑，簇拥着盛世唐朝再一次向我们款款走来。一百二十一件璀璨夺目的金银器，十七件玲珑玉润的琉璃器，十六件已失传的"秘色瓷"器，还有七百多件罗、纱、绢、绮、绣等各类纺织品，文物种类之繁、数量之多、质量之优、制作之精、等级之高、保存之完好，世间罕见，不能不让世界再一次心动不已。

古老的寺院，经过现代配饰之后，惊艳无比。如今的法门寺，可谓兴旺空前。远远望去，高达一百四十八米的合十舍利塔，在阳光的照射下，气势恢宏。走近法门，那雄伟庄严的气势，让人心生敬畏。寺门坐北朝南，巍峨壮观，围墙檐下雕刻着凤凰翩跹、狮子滚舞、麒麟飞驰、游龙嬉戏等图案，东西墙头各有一条龙探身仰首，呼之欲出。与大门相对的铜佛殿，供奉着弥勒佛与文殊、普贤两菩萨和十八罗汉。大雄宝殿供奉着释迦牟尼和迦叶、阿难三尊佛像。钟楼和鼓楼系双层楼阁式建筑，钟楼内存放着明朝铸造的大铁钟一口，通身刻着完整的《金刚经》。每当黎明，宝塔迎着朝霞而立，晨钟声振四野，善男信女蜂拥而至顶礼膜拜。

走进法门，仿若走进了金碧辉煌的世界。承载着两千三百余年历史，再现了佛教盛行的足迹。

踩着两万七千余枚唐币的"金钱铺地"的地面，走入唐代地宫，开启庄严神秘的四道石门，盛唐献给佛祖的两千余件珍奇异宝令人眼花缭乱。无论是被誉为"世界锡杖之王"的单轮十二环金锡杖，还是头戴"曼荼罗之冠"的捧身真菩萨；无论是文献中传说的秘瓷，还是来自东罗马帝国的琉璃器"东罗马使者"，都让人沉迷于美妙的梦境当中，这些天子瑰宝与八重宝函、灵帐等佛舍利容器瑰宝，共同构筑出一种无与伦比的盛唐气象。唐代地宫的秘密，再一次印证了只言片语的史料记载的真实，再现了当时李唐王朝八帝六迎佛骨于京都长安或洛阳皇宫供养的盛况。

唐咸通十四年，唐懿宗组织第六次迎佛骨活动，这是李唐王朝的最后一次，也是最盛大的一次。迎佛骨用的车辆等工具上均"饰以金玉珠翠玛瑙，靡费甚巨，计用宝珠不啻百斛，剪彩绸为幡为伞，组织万队仪仗，从京都长安到法门寺三百里间，车马昼夜不绝。"放眼望去，这一路的仪仗车马，这一路的善男信女，这一路的虔诚膜拜，何等壮观。他们用一种罕见的方式，迎送着一种对佛教的尊崇，也打开了仅仅信奉儒道的人们的神思，展开了对另一种精神天国追寻的翅膀。正是由于李唐王朝的虔诚，才有了法门寺唐代地宫的辉煌与奢华，才有了这不可思议的庞大的恭迎场面。

　　走出法门寺，思绪依然在现代设计和佛教理念、时尚和古典的融合中切换。与人为善，与社会和谐，给人以尊重和相对自由和民主，给人生存的权利。当我把目光移向周边时，发现带有神话色彩的封神榜里西岐城遗址就近在咫尺。周初的都邑，把我的思绪带入了另一个更为久远的世界。

诗意青海湖

"挣脱一个秋晨，迎着金光粼粼，碧绿橙黄的天毯上，俊秀的羊群。"这是我在赶往青海湖的路上触景生情的吟诵，也是我面对一望无际的天空上垂下的壁画的有感而发。

雄踞"世界屋脊"的青海是个神秘而诱人的地方，这里山脉高耸，地形多样，河流纵横，湖泊棋布，巍巍昆仑横贯中部，唐古拉山峙立于南，祁连山矗立于北，茫茫草原起伏绵延，柴达木盆地浩瀚无垠。她仿佛是一块未经雕琢的玉石，粗拙中透出珠光宝气，平静中显出几分神奇。青海不仅是长江、黄河、澜沧江之源头，而且，因有中国最大的内陆高原咸水湖——青海湖而得名。

我时常做梦，梦境中的青海湖，宛若一块巨大的天蓝色翠玉，点缀在高山草原之间，那水天一色浑然一体的美，在一碧万顷中闪耀着点点金光。绿色的草原，湛蓝的湖水，依偎着黛青的远山，还有山顶飘扬的经幡，构成了一幅美丽绝伦的水彩画。

然而在当下，呈现在我们面前的青海湖，却沐浴在雨中，雨滴密织的细碎水珠跳跃在水面，击出层层涟漪，粘连成相互环扣的圆圈。极目望去，黄绿相间的草场、迷雾蒙蒙的湖面，在只有雨声的静谧中深沉而神秘。雨和云氤氲出铺天盖地的雾气，笼罩了青海湖一个季节的落尘。

在蔓延的雨雾烟云里，青海湖如文弱的女子，矜持而羞涩地与我若即若离。朦胧之中，我似乎听到了她一腔轻柔缠绵的倾诉，那音韵若缓缓流淌的旋律，在茫茫的秋心里，闪动着波光，缭绕在我虔诚瞻仰的一方碧蓝水域。

云和雨掩映着青海湖的神奇，漫山遍野的绿弥漫天际。天水连接着湖水，我在天水与湖水之间谛听，雨打在头顶的伞上，如雨落莲蓬。

凭湖远眺，青海湖静静地躺在一片碧绿的草地上，蜿蜒的曲线在高山宽广的胸怀缠绵，秋雨在云雾里，舞动着袅袅的姿势，以高原女儿敬奉哈达的虔诚，以歌声穿透长空的厚重，流淌在游客的心里，弥漫在青海湖的上空。

我依依不舍地徘徊在湖畔，似懂非懂地留下几分遗憾，如若有缘相遇，定以厚重解读你的深邃高远与浩瀚。

2012 年 5 月

别情日月山

　　青海我向往了许久，除了巍巍昆仑、锦绣祁连、玉塞咽喉、江河之源外，还有辽阔的大草原、梦幻的青海湖和神圣的日月山。

　　离开沙坡头，车向白银，夜宿皋兰，经兰州到了西宁。这一刻，心中在喊：今天，我终于来了！

　　顾不得天气变化，就急切离开西宁，车在天苍苍、雾蒙蒙、风萧萧、雨茫茫中驶向日月山。我专注这里的一切，并在山岚和雨雾的氤氲中将身心浸泡在青藏高原上。透过并不清晰的车窗，青山在幕纱的朦胧中羞涩而美丽，浓重的绿和秋色的金黄弥漫了天际以及整个地面。车轮不停地翻动着一幅幅精彩的画卷，好像是在辽阔无垠的彩色挂毯上欣赏精美绝伦的高原壁画一样。那山，撼人心魄；那绿，一尘不染；那云，在飘浮，群山、草原、羊群都沉浸在绿色里，若隐若现。

　　沉醉之际，路标告知我，前面就是蜚声中外的日月山了。层峦叠嶂的青山，环抱着黄绿相间的草原，那般辽阔与高远，我静静伫立在天宫就能听到祈祷之声的日月山上，在茫茫阴雨之中，

206

用天籁般的雨滴之声，沐浴我内心的虔诚。日月二峰在迷茫中露出一丝幽怨，汉白玉雕刻的文成公主手握宝镜，委婉凝视，那温柔而安静的神态，令人生出一份敬意和爱恋。

翘首观望，天地空旷寂寥，侧耳细听，秋风秋雨里，凄凄切切。我和同伴，用徒步的形式，穿过秋雨中的日月山，试图让当年文成公主离别的场景再现。此时，秋风扯着衣服，秋雨拍打着灵魂。千里草原的碧绿和金黄在秋雨的悲喜交加中，成了离别的梳妆；雨雾两茫茫，西行客路长，倒流河依依回望，别情万种柔肠。

日月山将汉藏分在两边，走过山口，我们仿佛听到倒流河挽留的声声呼唤，那千般幽怨万般哀愁的心境，如日月山口呼啸的风，敲打着我们的灵魂。

作为和平使者，一个文弱女子，天资聪慧的文成公主以自己的付出，为一个民族的长治久安，用和亲的方式，远播了友谊的种子。

2012 年 5 月

瞭望南郭寺

　　天水城南的慧音山上，依山就势坐落着一座千年古刹，就是诗圣杜甫笔下的"山头南郭寺"。

　　南郭寺建于北朝，由于杜甫流落于此，并写诗百余首，而成为文人墨客的神往之地。有人说，从长安走丝绸之路，不能不走甘肃；走甘肃，不能不走天水；走天水不能不去南郭寺。几次路过天水，都因工作未能成行，今日仙游，又沿渭水而下，天水自必在行程之列。

　　天水地处六盘山、陇山、峪家山、鸟鼠山之间，群峰环绕，渭水穿城而过。这狭谷间耸立的孤城，在历史上是军事要塞，也是中外文化交流的通道。中西亚及亚欧商贾以及佛教人士沿河西走廊，走三关（嘉峪、玉门、阳关）、四郡（酒泉、敦煌、武威、张掖）到长安，天水是必经之地。

　　南郭寺修在天水城南，又称南山寺，宋代改称"妙胜院"，乾隆敕赐"护国禅林院"。其寺前临藉水，背负幽林，三重山门坐南面北，牌坊门楣之上，高悬赵朴初榜书"南郭寺"三字，两边横列照壁，佛殿禅林依山就势，三进七院。三座山门与三座殿

208

宇上下呼应构成中轴，分为东、中、西三个套院，套院隔墙设门，以相贯通。佛门殿宇，翘脊飞檐，气势恢宏，庄严肃穆。

西院是南郭寺的主院，包括山门、钟鼓楼、天王殿、大雄宝殿、东西二配殿、东西二禅林院以及卧佛院。

进入西院山门，挺拔如盖的唐槐和大雄宝殿院内南北横逸斜出的古柏，被称为稀世珍宝。西禅林院为办公地方，而东禅林院，则为杜少陵祠，彩绘泥塑杜甫坐像，着蓝色衣袍，表情平淡，悲喜沧桑已不形于色，左右有书童侍立。杜甫十年旅居长安，政治上并不辉煌，"安史之乱"及流寓秦州后也很落魄，"俯仰悲身世，溪风为飒然"既是他生平的概括，也是在秦州生活的写真。仰面呼天，俯身喊地，难释悲切之语，而此时山谷袭来的秋风，似乎在传递着当年茅屋被秋风所破的窘迫景象。

卧佛院原有的七级舍利砖塔现已塌毁，仅供缅甸玉体卧佛一尊。后院为三间两进宽阔宏大的天王殿，殿内悬挂的巨匾，系临摹北宋大书画家米芾"第一山"颇有气势。

中院最早是寺院的藏经楼，后毁于大火。清乾隆年间在其旧址改建关圣殿、月季园、盆景园和花架通道，若不是凡尘祈祷的喧嚣，这里也是一方清净之地。

东院观音殿前有新修八角亭，驰名的北流泉清澈见底、沁凉甘美，终年不竭。寺前寺后大片绿林将整座寺院紧紧环抱，登山远眺，南郭寺就在脚下，天水市景观尽收眼底，视野所及，天朗气清，遐想无限。

门联有云：江湖三尺剑三人行归来还诵三藏经，人生一杯酒一张琴去后只带一溪云。"菩提本无树，明镜亦非台。本来无一物，何处惹尘埃。"当年，神秀和慧能凭借自己对佛宗至理的参悟，分别开创南北二宗。

东院新建的"二妙轩"诗碑长廊，是中国书法神韵与杜甫诗句完美结合之地。据载，清初诗人宋琬任陇右道金事时，把杜甫客居秦州所作的六十首诗作，集兰州淳化阁帖和西安碑林王羲之、王献之的书字，亲自临摹勾勒，聘请能工巧匠镌刻成碑石三十四块，字迹飘逸潇洒，矫若惊龙，力出书外，与杜甫的诗作，如双璧辉映，被时人誉为"两绝"，雅称"二妙轩"。此碑在战乱中遗失，新刻的诗碑字体比原拓本放大了一倍，刻工精湛，碑体雄浑，风韵不亚当年。

离开南郭寺，在悲悯中生出一丝慨叹：南郭寺以杜诗名，寺内修有少陵祠，在佛教寺院修筑诗人专祠、塑以金身，与佛一样享受人间香火甚为罕见。人以地名，地以人名；人以景名，景以人名。杜甫在离乱中带给秦州的诗，对他是血泪，对天水则是珍宝。

秋风天水，藉河东去，看幽幽绿峰，青青苍苍。回眸之际，仿佛看到流落秦州的老人默立寺院，凝视古柏、铜钟、泉水，沉思多舛的命运，捋着银须，感怀吟咏："山头南郭寺，水号北流泉。老树空挺得，清渠一邑传。秋花危石底，晚景卧钟边。俯仰悲身世，溪风为飒然。"

瑟瑟秋风五丈原

　　一场厮杀过后，千年的古战场静了下来，那些士兵拼死前凌乱的姿态被淹没在夜色里。此时，秋风扫着落叶在五丈原上空呜咽，那种凄凉和悲哀气息，即使在行驶的轿车里也能闻到。

　　汉军败退南下，魏军驻守。从此，统一中原的目标宣布结束。只有你的名字，以著名军事家的身份不朽地留在这里。你的灵魂久居在这个苍老的寺院，成为人们顶礼膜拜的神。

　　一步之遥的土地，在时光隧道里，却容纳了广阔的空间。从西周到三国，跨越了一千余年。凌乱的步履，沧桑的巨变，谁说距离太为遥远，其实却近在咫尺，只要一步，我们便从西周跨入三国。

　　雾霭晨钟尚未隐退，在晨曦依然的苍茫里，窥视五丈原方寸之地，站在智慧的高地俯视，方圆百里尽收眼底。北望渭河横流，南望落星石河堤，东望长安飘动的彩旗，忽明忽暗的孔明灯里，幽暗的身影，发出一声长长的叹息。

　　曾几何时，谁能忘记。羽扇轻摇，烽火乍起，困羞司马，空城献计，七擒孟获，观天象，听物语，巧借东风之力。但六出祁山，五伐中原，光复汉室的意志，在挥之不去的岁月，留下一个壮志难酬的结局。

茫茫四顾，草木摇落，白露为霜。落叶之声，仿佛一曲瑶琴，穿过千年的悲壮在耳边回荡。躬耕隆中，卧龙岗上，皇叔造访，述说雄心壮志，三分天下。初出茅庐，草船借箭，空城退敌，先帝托孤，六出祁山。然，天不遂愿，五丈原，伴着汉室难复的绵绵长恨，折断了那双纷飞的翅膀。

驻足五丈原，凛然正气扑面而来，壮志未酬的悲凉透彻肌骨。秋风瑟瑟，在巨星陨落的地方徘徊，一段沧海龙吟，余音缭绕。

注：①五丈原：位于陕西宝鸡岐山县境内，南依棋盘山，北临渭河，东西环河，形势险要。公元234年，诸葛亮率兵由汉中出发，穿过秦岭，进驻此地与司马懿对阵，后因积劳成疾而死，五丈原因此而闻名于世。

香港印象

香港回归已经十多年了。

"去香港看一看"一直是我所期盼的，几经商榷，我与几个朋友一起如愿以偿地加入了观光团，实现了多年的梦想。

飞机在香港的上空盘旋着，我凝神俯视，对这片终于回归祖国怀抱的土地，感慨万千。

香港地处华南沿岸，珠江口以东，北接深圳，南临万山群岛，西与澳门隔江相望。香港是国际金融中心，也是世界上人口最稠密的城市。进入香港，你即可感受到人口、建筑和街道的密集、土地的金贵。据说，香港回归时，找不到一块合适的地方建设新的行政区，于是，中央决定拨款填海才算解决了新政府的所在地。

香港地方不大，寸土寸金的说法一点不假。生活空间像一个鸟笼子显得格外拘谨而且压抑，除了宾馆房间狭小外，街道也一样狭窄。三十多层的高楼一座挨着一座，若有中国功夫，肯定能从这栋楼跨越到另一栋楼上。住宅下面，仅有可经过两辆小车的通道，并没有多余的空间，周围没有内地广场一类的休闲娱乐场所。公路狭窄而盘旋弯曲，两车道的单行马路让超车更加小心翼翼。香港的道路交通规则是按西方运行的，这让我们坐车或行走都不习惯。马路两边一米多宽的人行道几乎让人无法畅通无阻，也不四通八达，如果你沿着人行道一直向前，很可能走到死胡同里。

香港是经济繁华的大都市，更是一个拼命工作的地方。生活节奏很快，行人大多匆匆忙忙。除了大型商场周围有熙熙攘攘的人流外，其他地方的人行道，几乎看不到行人。居民外出很少骑自行车或摩托车，除开小车外大多要靠乘坐计程车。别看香港的马路弯道、坡道多且狭窄拥挤，但汽车行驶的速度超快，这与他们的生活节奏快不无关系。

香港地方虽小，但环境不错，也很有秩序。道路狭窄却很少塞车。香港的建筑设计理念科学，立体利用有限空间的思维，使他们往往把公路、商场、车站、码头有机地衔接在一起，不仅节约了占地面积，而且减少了行人的路程，还提高了效率。通往车站的通道，大多设在大楼的内部，和商场的楼梯通道一起混合使用，你如果像在内地一样寻找专门通道去车站就很困难。高而密集的建筑群，无法享有充裕的采光，但在其中居住，仍能从紧挨着的高楼缝隙里得到一米阳光。

香港的文明程度很高。这可从大街小巷稠密的温馨提示中窥见一斑。狭窄的街道在丛林般的高楼和山坡海谷之间弯曲旋转，眼睛里塞满了标有三种文字的文明用语和路标。"不准吸烟""小心滑倒""打喷嚏请捂口鼻"等随处可见。就连过马路，地面也有"望左望右"的温馨提示。有行人的路边可以看到标牌："警告！请勿让狗随处便溺，违者将受到监控！""此处不得停车，违者不予警告将受监控!”公共场所或者公园，极目可见"为免造成滋扰，请把声浪降低!"在这样的环境下熏陶，经常不大注意生活细节的人也会变得注意起来。香港人现在使用的语言有三种，普通话、英文和粤语。如果不懂粤语和英文，普通话又不标准，到香港吃住行就相当困难。

香港是世界上最繁华的城市之一，由于它和世界各地大多签署了自由贸易协定，所以它的货物都享有减免关税的优惠，这一点对大陆游客购物具有一定的诱惑。在被称为购物天堂的香港，人们购物几乎达到了疯狂的程度，一是因为货真且少了关税，二是有一部分较为新鲜。这些疯狂购物现象是香港人喜欢的，因为他们可以从中得到更大的利益。

香港是一个讲法治的地方，很少发生财物被扒窃的事情。这让我们的旅行感到安全而且愉快。我想，一个地方的社会秩序和文明程度的好坏高低，与经济水平和人口基本素质以及全民受教育程度有关。我是一个只喜欢观光而不爱购物的人，但我有幸和一群喜欢购物的女人一起，这群女人振振有词：目前，世界经济萧条，唯独中国一枝独秀，只要货真价实，咱不差钱!

2010 年 9 月 5 日

澳　门

　　从香港乘船约 40 分钟就到了澳门本岛。蔚蓝的海面上，晴朗的天空下，几条银蛇般的跨海大桥延伸在悠闲的白云里，把漂浮在蓝色海面之上的几个小岛串联起来，呈现出海市蜃楼的景象。汽车经过桥上，那种飘逸的感觉如同在彩虹上飞翔。

　　透过车窗眺望，澳门漂亮的外表和蓝天白云一起构成一幅美丽的风景。无边无际的蓝色海洋铺就在视线里，高楼林立，错落有致的岛屿，如眉目清秀的美丽女子投来温柔传情的目光，令人赏心悦目。

　　登上澳门岛有与香港完全不同的感觉，宽敞的道路在并不很高的楼宇间穿梭，随处可见的广场供居民休闲娱乐，大街上时有居民用慢条斯理的方式散步或闲游。显然，这是一座轻松、悠闲、舒适的城市。

　　澳门是世界上著名的赌城。大部分税源来自博彩，但澳门人深知"大赌伤身，小赌怡情"，从不豪赌，因为他们明白，靠赌是不会发家的。

　　澳门人的生活是悠闲而快乐的，在世界范围内，澳门人的幸福指数也是比较高的。澳门有健全的社会保障制度，作为澳门的普通百姓，大富大贵不多，但也没有贫穷。他们常常会悠闲地进入茶馆喝茶，最常见的，是一些平民经常拿一些零碎的散钱到赌场寻开心，碰碰运气。

澳门的居民楼并不豪华，但所有的赌场都是一流的奢侈。近年来，随着赌业的发展，赌场越来越多，其建筑愈加豪华，愈加富丽堂皇。据导游介绍，前些年，一个美国人投资 20 亿巨资在澳门开了普京赌场。当时，他只是想在两三年内收回成本，但他做梦也没有想到，收回成本的时间竟然只有短短的 32 天。于是，他迅速投资 400 亿在澳门又建造了一座超级豪华的新普京赌场，其规模的盛大，设施的齐全和奢华让游人瞠目结舌。

进入新普京，就像进入一个金碧辉煌的殿堂。内设大型商场，游乐园、欧洲风情园一应俱全。具有南方格调的小桥流水盘旋在白云蓝天之间，金发女郎荡起双桨，载着游客在梦幻中划过。澳门人并不豪赌，他们建造如此豪华的赌场，为的就是吸引外来人。

开开眼界也就罢了，千万别上当。在这样的赌场里，看看可以，如果你拿着大把的金钱参与赌博，那是很受欢迎的。不过，你得把带来的金钱留下。如果你没有钱还想豪赌或大肆消费，对不起，欠下账得把自己押上。

为什么明明知道十赌九输还要去豪赌？是不服输的拼搏，还是心存侥幸？也许都不是。在这样充满诱惑的地方平平淡淡地生活，我更加钦佩澳门人明智与平和的心境。

出行济州岛

我乘坐的南航 Z6010 航班,从新郑机场起飞,穿过厚厚云雾,爬升到蓝天白云之上,低空掠过东海,在济州岛上空盘旋下降。透过薄雾俯瞰,红绿相间的济州岛被黑色海岸线镶嵌在一片蓝色海洋之中,轻纱笼罩,静谧朦胧。岛上房子低矮,看不见高楼,也看不见冒烟的工厂。小小的村落,稀稀疏疏地散落于并不平整的地面。道路四通八达,一如经脉,将这些零散的村庄联系在一起,简洁淳朴,幽静自然。

时令已是冬天,郑州洛阳一带正在筹备雪事,越往北越冷是肯定的。但位于北纬 33 度的济州岛,却不像我们想象的那样,而是一反常态的温暖,印证着"韩国夏威夷"的美誉。飞机一落地,便有衣服缠身之感,脱下一件立马轻松自如。如果不是亲历,谁也不会想到,在这个早年流放犯人的地方,一个火山时常喷发的北方小岛,在此寒冬季节竟会有如此温暖的相遇。

细雨蒙蒙,说是雨,却不见细丝,但身上却有了些许湿润。说是雾,倒有几分贴切,而空间实物却看得清楚,还不如说是细雨更形象些。眼眸中,除了灰褐色的火山石外,大片的绿、黄、红的色泽，在雨洗之后更加清晰晶莹。树撑着伞静静伫立在一片和缓的色调中，看不见冬天的意味，颇有南国气象，与中原浓郁的秋色有几分相似。风不寒，雨不冷，温暖、清新、宁静、沉稳。如此风景，你可以深呼吸，那是一种不用担忧的呼吸方式，纯净得没有一丝杂质。淡淡的青草香，直落心肺深处，滋润到所有细胞。

　　岛上人影稀疏，没有城市拥堵的窒息。一份从容和安宁，在久违的轻松里，像是一个人的英式下午茶，惬意得可以随意挥霍光阴。道路纵横交错，虽不宽阔，但畅通无阻，两边视野开阔，白天可见海天一色，夜晚一眼望去，能看见远方房屋的灯火。

　　济州岛是一个政府主导开发并注重环境的地方，没有过分的工业污染，有古村落、民居、果园、公园之类，加上天然的岛内风景和海滩风光，既可供游人观光，也可在农家体验民俗风情并购买当地特产，可谓持续发展。现在，岛上的村子大多进行了现代改造，也有原汁原味保留古老村庄原貌的。那些以茅草覆盖的屋顶、石头垒砌的院墙以及横木取代大门的民宅，显得十分质朴可爱。这些民居，没有门锁，他们以门杠的数量告知家人外出的人数和时间。在村口和家庭门前，均可看到压低帽子、微斜着头、大眼睛的石像，这是作为济州岛象征的"多尔哈鲁邦"。它形象可爱，名字亲切，是济州的保护神，尽职尽责地守护着人们。

　　济州岛气候宜人，特产十分丰富，最有名的就是土产蜂蜜。这里的蜂蜜不仅味道独特，而且还具有极高的营养价值，经常被当作保健品，甚至作为制造药物的原料。另一种特产就是柑橘。由于岛内山多，气候湿润，水分充足，适合橘子生长，因此，这里的柑橘汁多味美。时下，虽是冬季，但岛上随处可见挂满了枝头的橘子，若亲手采摘品尝，便有格外风味。

济州岛的秀美山川相对于国内，却显得微不足道，即便如此，海拔仅1950米的汉拿山在韩国还是相当有名的，被称为可以接触到银河的"神之山"。它以四季景色俱佳而闻名，春天油菜花黄樱桃花红，夏天瀑布幽谷绿荫溪流，秋天红叶满山獐子奔跑，冬天皑皑白雪，是情侣谈情说爱的绝佳场所，也是新婚宴尔的浪漫之地。在岛内的任何方向，都能看到它变化万千的姿态。登临山上，瞭望周围，岛内风景与大海融为一体，一览无余。

城山的日出峰，山顶有巨大"碗"状的火山爆发口，大概适合看日出，故取此名。此时，我更喜欢这里大片的绿色草坪，翠绿茂密得如地毯一般，在太阳的光照下，格外滋润和鲜艳。济州岛到处是火山石垒砌的造型，不过，灰褐色的淬炼过的伤痕，在此翠绿之中却成了一种点缀。

在村子里，有幸遇见一个"海女"，满面皱纹，却身材苗条，手脚敏捷。"海女"是一项古老的职业，她们不戴呼吸装置，只身潜入海底徒手捕捞龙虾、扇贝、鲍鱼、海螺等。随着机械捕捞和人工养殖技术的发展，"海女"越来越少，当年潜海捕捞的姑娘如今成了婆婆。她通过导游向我们述说着当年下海捕捞的场景。即使现在，每到夏天，她依然操持旧业，时常潜水捕捞。看她已至暮年，我对濒临失传的"海女"职业多了几分担忧，我想，如果仅仅作为一种生存方式，失传也罢，但作为一种文化传承，如果失传，倒有几分可惜。

韩国与中国历史有着千丝万缕的联系。济州岛的中国文化印记随处可见，在汉拿山至今还流传着"徐福东渡"的故事，西归浦市正房瀑布的悬崖峭壁上就有"徐福过此"的字迹。徐福为秦始皇寻找长生不老药，曾在此找到高丽参以为神药。不过，徐福没有回到中原，而是南下日本生活。成吉思汗时，圈养马场于岛内，自始蒙古马种在此繁衍生息。济州岛一直沿用汉字，明朝时，开始有了自己的文字，但与汉字字义相仿，只是发音不同。就是现在，依然学习汉字，简体繁体都有。

到一个地方去，原本就是享受它灵魂里的一种气质，到济州岛也是如此。不过，对异国风情和自然的感悟与品味，也许会多出一点。离开济州岛，心中仍对那里的风土人情念念不忘。

2016 年 12 月

首尔之行

　　正当寒潮来袭时，我随团到了首尔。此时，韩国上下正为"萨德"和"亲信门"举行近三百万民众参加的大规模游行示威活动。由于担心骚乱，临行前曾多次交涉，到了首尔却没有看到担忧的乱象，秩序依然良好，民众除了周末在青瓦台附近和光化门广场进行和平集会表达抗议外，其他地方依然秩序井然。

　　早就耳闻属"亚洲四小龙"的韩国经济如何繁荣，近年又盛传韩国的整形术如何发达，所以，今日造访就显得谦虚认真，对这里的一切，都会在格外注意中多了一份思考。也许是我国经济发展迅速的缘故，也许是想象过于美好，当我踏上这块土地，接触到它的总体轮廓时，心中并没有太多惊喜，这座象征政治经济文化的中心城市，也不过如此而已。

　　首尔原称汉城，六百平方公里，一千多万人口。作为韩国首都，市容不整，也不够现代。没有北京的庄重大气，也没有上海那样的繁华时尚，没有大连厦门那样的别致清洁，也没有广州深圳大城市的自信和活力，却有些老气横秋的陈旧和衰败。街上行人不多，不见自行车，偶有摩托车穿梭，那是外卖独有的风景。

宽阔的大街有法国梧桐，也有银杏，金黄色的叶子在秋季鲜艳无比，而在目下被霜打之后，蔫了不少，气味难闻，白果落了一地，无人问津。不过，满地黄叶的陪衬，却为这个城市添了不少美色。地处半岛的韩国，没有崇山峻岭，尽是丘陵之地，很少有大片平原。首尔就坐落在这样大小不等的山丘之间。高楼林立，依势而上，错落有致，纵横交错的柏油马路蜿蜒在高低不平之中，颇含艺术之美。当然，纵横交错的还有蜘蛛网状的各种电线，胡乱涂鸦在视觉中，特别让摄影者感到烦恼。

然而，得天独厚的汉江，却为首尔增色不少。汉江是首尔的母亲河，横贯东西，将城市分为南、北两部。虽为内河，但河水如海水一样，蓝而不绿，这也许是离海较近的原因，也可能是河床没有杂草黄土之故。因为居城中心，所以沿江两岸绿化清洁都还可以。由冲积形成的汝矣岛和蚕岛上，建有韩国最大的广场和全市最高 63 层的国会议事堂及使馆区。江面宽阔，江桥比比皆是，60 公里就有 24 座姿态各异的桥梁飞架南北，既为通途，又为风景，远远望去，蔚为壮观。漫步江岸，桥上车流如梭，高楼倒映水中，有你中有我、我中有你的协调。

江北为市政中心，总统府、总理府和市政府均在这里。虽然街道曲折狭窄，但有不少高层，可见繁华。特别是景福宫、大汉门、宗庙等古建筑，为现代气息平添了几分古韵。江南则是另一种风格，街道宽阔笔直，高楼幢幢相连，40 层的贸易中心、8 万座的蚕室体育场、国际奥林匹克公园等伫立于此。首尔市已与汉江密不可分，为了工作，人们每天或驱车或乘地铁往返于南北，周末则到江边公园的大片绿地、游泳池、网球场和儿童乐园休闲娱乐。去首尔有高速通道，不过，和国内一样都需要付费。因为方便，加上首尔住宿昂贵，我们在首尔四天，都是住在仁川。仁川距首尔 28 公里，两个城市几乎连在一起，也不过分浪费时间。

　　到首尔不能不到景福宫，就像到北京不能不到故宫一样。由于受中国文化的影响，韩国的中国元素很多，景福宫也得名于中国《诗经》中"君子万年，介尔景福"诗句。景福宫是韩国规模最大、最古老的宫殿，南倚光化门，东隔建春门，西靠迎秋门，北迎神武门。因为要严格遵循与宗主国的宗藩关系，景福宫的所有建筑均模仿中国皇宫的建筑风格，只是规模较小，且以丹青之色来区别于中国皇宫的金黄色。宫内有勤政殿、思政殿、康宁殿、交泰殿、慈庆殿、庆会楼、香远亭等殿阁。正殿勤政殿雄伟壮丽，是国王接受百官朝会的大殿。庆辉楼建立于一个巨大的人工湖上，是设宴招待众臣和外国使节的迎宾馆。位于荷塘中央的乡远亭则是王室单独聚会的地方。慈庆殿和交泰殿分别是王太后和王妃的寝殿。景福宫内，花园毗连，一年三季花团锦簇，置身宫内，仿若世外桃源，那份宁谧令人心旷神怡。

　　走出神武门，就到了青瓦台，就是现在的总统府。青瓦台原是高丽王朝的离宫，朝鲜王朝建都汉城后，把它作为景福宫后园，修建了隆武堂、庆农斋和练武场等一些建筑物，并开了一块国王的亲耕地。现在的青瓦台，象征着韩国最高的政治权力，它采用典型的韩国"八"字形建筑风格，在古代建筑景武台的基础上修建，使用了 15 万块韩国青瓦，远远看去一片青色，故得此名。青瓦台由位于中央的主楼、迎宾馆、绿地园、无穷花花园、七宫等组成。主楼右侧是春秋馆，用作总统接见记者的地方，左侧是迎宾馆，用来接待外宾。虽然青瓦台周边警备森严，普通人很难接近，但从周二至周五都安排有每天四次的预约免费观览时间，国内外游客均可以在预约的时间里参观。

走进青瓦台，韩国导游就滔滔不绝地向我们介绍着总统府的现在与过往。导游姓金名修演，是曾留学中国并在深圳工作了十年的姑娘，后回国当了导游。可能是韩国整容业的发达，也可能是韩国女性自小养成的化妆习惯，金小姐的形象端庄耐看。她向我们实事求是地介绍了大韩民族的风土人情和市民平凡的愿望，毫无遮拦地向我们表明她的政治诉求。譬如，朴槿惠的现状、青瓦台的示威、民众的心声，再譬如，金大中、李明博这些过往总统的功过是非，也谈社会名流、歌星、体育明星的私人八卦。这些带有鲜明个人观点和言论自由的个性，让我感到了这里开放、民主、自由、平等和包容的国情。轻轻从青瓦台走过，心中油然而生一份严肃、一份欣赏、一份沉思。

从景福宫的正门光化门走出，就到了光化门广场。光化门为"光照四方，教化四方"之意，由三个虹霓门组成，中间的虹霓门供国王通行，左右两个虹霓门供大臣出入。光华门广场虽然不大，却是古朝鲜首都汉阳的象征。现在，广场周围都是韩国重要的行政部门，美国大使馆也在此列，如此位置，可见韩国对美国的依附程度。广场中央塑有世宗大王铜像，靠南是李舜臣将军的铜像，广场虽小，但被景福宫和青瓦台映衬出了几分庄重。

与广场相邻的清溪川很安静。清溪川流经首尔中心，长约11公里，由于水质污染严重，2003年政府将清溪高架道路拆除，重新挖掘河道，改暗河为明渠，并将河流重新美化，兴建各种特色桥梁横跨河道。修葺一新的清溪川，清水、污水分流，不仅在旱时引汉江水使清溪川长年不断流，而且能使水质保持清洁，堪称"生态城市"的典范。河道设计为三层断面，底层台阶是最高水位线，中间台阶为河岸，人行道贴近水面，以达到亲水的目的。上下游水势之间，有一个接一个的瀑布衔接，形成既有涓涓流水，又有小小激流的河道景观。一节一节的喷泉跃入水中，行走其中，如同置身水帘，头上霓虹幻彩，脚下水声淙淙。这里与广场的抗议浪潮相比，多了一分宁静，不仅让人忘了疲惫，而且让人在体味首尔历史文化和自然的融合中有了一丝轻松。

中韩文化相近，在任何景区游览，都没有陌生之感。韩国主要的节日与中国一样，春节、中秋、端午都很隆重。韩国人注重仪表，卫生间便有化妆室的位置，他们可以随时修整仪容，以保持自己的完美。韩国人历史上与国人一样饱受战乱之苦，他们基本不购买日本车辆，在首尔街头大多是韩国本国车型，外国汽车较少，更看不到日产车辆。

韩国是一个岛国，资源并不丰富，也没有想象中繁荣，但他们的民族认同感，让我记忆深刻，并在结束韩国之行后仍在深深思考。

2016 年 12 月

汝河之阳

　　汝河是汝阳的母亲河。源于嵩县撂撂石沟的汝河，经过百曲千弯，穿过崇山峻岭，终于在上店西河村流入一块平岗谷地，自西向东，悠悠流淌，两岸人烟渐渐稠密，商贸渐渐集中。经过上店古镇不远，便见一座整洁而又时尚的小城，掩映于湖光山色之中，古老而又现代，朴素而又时尚。这便是汝阳县城——洛阳市辖区内唯一一座以"汝"为名的城市。汝阳的历史，汝阳的文化，都与这条奔腾的河流息息相关。

一、湖光山色汝阳城

　　欲知汝阳古今，必先了解汝河。汝河，是观察汝阳的一扇窗口。

　　从二广高速汝阳站到汝阳县城，全长 8 公里。宽阔的高速引线铺展在汝河北岸，一路高歌，一路欢笑，汝河风光尽收眼底。高速出站口，"汝阳黄河巨龙"的巨型雕塑，彰显着"中国恐龙之乡"的赫赫威名，也指引着汝河南岸恐龙文化旅游的前进方向。而后景观便是河南省第一座公路廊桥——汝阳城区的第三座汝河大桥：桥上长廊飞檐，雕梁画栋，汝阳的历史文化、汝阳的名胜古迹，都在这里集中展示。这既是一座桥梁，又是一处风景。廊桥之下，细流淙淙，湿地公园，小径通幽，白鹭飞于蓝天，野鸭游于溪流，花开遍地，牛羊悠然。再往上，便是一片宽阔的河湖。湖是人工湖，用橡胶坝围堵的湖面，蓄水面积 1.5 平方公里。接近县城，又有长约 2 公里的滨河公园，将汝河县城段装点成为绚丽缤纷的缎带。晴天，盈盈绿水，微波荡漾，像一幅鲛绡使青山针织于细浪之中；雨天，薄雾微云，湖面跳珠，似一幅烟波浩渺的水墨画。这是汝阳县城最美丽的风景，也是小城居民健身娱乐的最佳选择。

走进县城，高楼林立，街道宽敞，绿树成荫，车辆如梭。人民路、文化路、杜康大道、杜鹃大道纵贯东西，刘伶路、凤山路、新华路、隆盛路横通南北，四通八达，繁华而有序。云梦园、云梦生态园、凤凰山公园、滨河公园、刘伶广场等公益休闲娱乐场所星罗棋布，与大城市相比毫不逊色。从 20 世纪 90 年代到今天，汝阳县城连续荣获省级"卫生县城""园林县城"和"全省最佳人居环境奖"等称号。

汝河沿岸的风景，构成了一条绿色长廊，初来乍到的人们从这条绿色长廊里，就可窥见汝阳之一斑。清晨，一湖碧水柔美缱绻，绿波盈盈，微风徐来；华灯初上时分，灯影映于水中，静谧温婉。由晨曦微露到夕阳西下，从柳丝泛绿到瑞雪纷飞，这里来来往往的人流从不间断。站在湖畔眺望，碧波千顷，波光潋滟，群山叠翠，葱茏起伏，云梦山氤氲于轻岚薄雾之中，黑白相间的民居在雾霭之中若隐若现，宛若仙境。在这美丽的风光里，你会有一种天地人合一之感。

曾几何时，汝阳县城就像山沟里的一个大村子，街道狭窄，房屋低矮，仅有一条纤细街道贯穿于不足一公里的城区。日夜东流的汝河，在滋润万物的同时，也给这里的人民造成巨大的灾难。县城河堤支离破碎断断续续，每遇暴雨河水猛涨，洪水如同猛兽冲垮脆薄的河堤，涌向等待收割的农田，涌进了县城里的土砖老屋，霎时间，县城成了泽国。据县志记载：这里自1949到1985年洪涝灾害就发生21次。距今最近的一场洪灾发生在1982年夏天。那一年，滔天的洪水漫过了县城唯一的汝河大桥，县城积水成河，房倒屋塌，其情其景，人们至今记忆犹新。

为了让汝河变成一条造福人民的生态河和景观河，汝阳人民痛定思痛，开始了长达30多年的汝河治理工程。他们持续不断地加固河堤，建设桥梁，在经国家批准汝河上游建设中型水库的基础上，在汝河县城段建橡胶坝，修湿地公园，让原来荒芜杂乱的河道变成了一湖清水；而后又扩路修园，增加绿地，栽植乔木，种植花草。现在，汝阳县的城区面积达7.5平方公里，比此前扩大了7倍，彻底改变了城市的生态环境。他们的奋斗目标是：通过5至10年的努力，把县城建设成为"城中有山、山中有城、城中有水、水中有城，山清水秀、山水相映，功能完善、经贸繁荣、人气旺盛"的现代化山水园林宜居城市，城区面积达到78平方公里，居住人口达到20万。

地于水泽，人于水养。汝河从十八盘乡上庄村入境，到小店镇黄屯村出境，流经汝阳五个乡镇，县境内总长度为35.4公里，拥有大小支流20条。汝河滋养了汝阳这块土地，而生息在这里的人们以其勤劳智慧赋予了汝河更加丰厚的文化内涵。当你走过这个美丽的山水城市的时候，你定会记住这个以汝河命名的地方——汝阳县。

二、兵家圣地云梦山

汝河在汝阳拥有支流 20 条，其中最大的支流是马兰河。马兰河在县城汇入汝河，云梦村就坐落在两河汇流处的三角地带上。云梦村一边连着汝河与马兰河，另一边连着一座山。因为这座山大名鼎鼎，云梦村由此成了汝河岸边声名显赫的一个小村庄。

这座山就是云梦山，纵横家鼻祖鬼谷先生修道授徒之地。如今人们习惯地称之为"鬼谷故里"，俗称"鬼峪"。

云梦山上有"鬼谷墟"，人称"古墓山"，即鬼谷子陵墓。山麓有"鬼谷洞"，又名"水帘洞"。洞口面向汝河，洞外奇草争芳，松柏葱葱，悬崖峭壁，鹰旋鹤鸣。夏秋之际，山水瀑下，掩映洞口，宛若垂帘。洞内宽敞，有大殿可容百人，并有丹灶、卧室等小洞。向里有一石峡上通，名为"上天梯"，攀缘而上，许多白色蝙蝠往来飞舞，轻捷如射，飞声窸窣，或云此洞与云梦洞相通，至今尚无人探明。除此之外，云梦山还有鬼谷洞、孙膑洞、传兵洞、桃源宫、说泪井、试剑石、石八阵、演兵场、镇奸石、孙膑墓等遗迹。

鬼谷先生居于此地，史料多有记载：明朝吴门啸客著《前七国志》云："河南汝州云梦山水帘洞，有个鬼谷先生，兵书战策，妙略奇谋，无所不识。"（汝阳旧属汝州）元《河南志》载："古陆浑县属东北其乡，南梁之西场，山水最佳所在，山曰桃园山，左桃园，右汝水，古岘峰居其前，水帘洞处其后，乃鬼谷子隐居之处也。"（汝阳古属陆浑）。明《河南通志》云："鬼谷子，楚人，今伊阳县（汝阳）东南八里，有石洞存焉。"《广舆记》载："鬼谷子尝隐此，俗传张仪、苏秦授书处。"明正德《汝州志》载："云梦山在伊阳县东南七里，世传鬼谷子修道处。"清《一统志·山川》载："云梦山在伊阳县东南七里，世传鬼谷子修道处，其北有水帘洞。"明成化《河南总志》卷七记载："云梦山在嵩县东九十里（即今汝阳），昔鬼谷子游息于此，一名鬼谷山，前有水帘洞。"清道光《伊阳县志》记载："云梦山，东南五里，鬼谷子隐处，苏、张授书于此。"

据《云梦山，鬼谷故里考》一书的作者鬼谷村人姬元璋先生介绍：1993年，来自全国各地的历史学家及苏秦文化研究的专家学者云集汝阳，举办了"鬼谷子古军校遗迹研讨会"，通过对发现的20余件出土文物及现有古遗址的实地考察论证，普遍认为，鬼谷子修道授徒之地在汝阳已成定论。《河南日报》做了专题报道，河南大学历史系教授陈昌运先生著《鬼谷先生居"鬼谷"地名考辨》称："云梦山下鬼谷村，村旁马兰古清溪，苏张孙庞事何处？千秋悬案今知亦！"当代军事家伍修权将军特为遗迹题词"天下第一军校"。

对云梦山的开发，当地政府历来十分重视。2013年，现为广东六祖寺住持的大愿法师到云梦山考察，看到云梦山在两河交汇处，且被两水环抱，河面风回波细，云山倒影，光雾氤氲，俯瞰汝阳城倒影宛若海市蜃楼。北望紫逻山与水相隔，南眺云梦山大小九座山头，势若九朵莲花。大愿法师大为惊叹，称"云梦山地势如冠，动静有序，环境典雅，应是佛道合一的绝妙之处！"遂决定在此投资，打造中国"第一佛山"。

与"鬼谷故里"相辅相成的是，云梦村还有一佛教胜迹，叫作"桃源宫"。宫内一古银杏，树龄高达 2000 余年。老藤攀缘，宛若巨龙，树盖参天，遮云蔽日，粗壮的树干即是三人合抱仍不能手手相连。相传，桃源宫始建于汉武帝时，张骞出使西域带回银杏树两棵，武帝差人栽树于宫内，赐名"延太""延和"。后因战乱，"延太"被毁，唯有"延和"幸存至今。现在桃源宫仍有双龙碑等古碑数块，记载宋元明清返修桃源宫之事。

古有"汝阳八大景"之说，云梦就占了三个，乃是桃源胜迹、云梦仙境、汝水拖蓝。20 世纪 80 年代以来，县城一些干部职工，纷纷开始到汝河滩上捡拾"汝河石"。捡得多了，就陆续开店销售。云梦村因其交通便利，底蕴深厚，石馆众多，渐渐成了远近闻名的奇石村。奇石馆多为徽式建筑，黑瓦白墙。在周围大片豫西建筑的包围中显得那样鹤立鸡群，耀眼夺目，是为云梦新景。

三、"东方翡翠"梅花玉

踏进汝阳地，便知梅花玉。

汝阳奇石爱好者众多。他们在汝河滩上寻宝之时，偶见被汝河水洗刷过的精美石种，晶莹剔透，五颜六色，花纹如盛开的蜡梅。人们不知其名，后有专家据其石上梅花图案，取名为"梅花玉"。奇石友闻之，蜂拥而至，每每满载而归。一时间，梅花玉轰动业界。受梅花玉影响，汝阳奇石初具规模，奇石村、奇石城、奇石馆遍布各地，玩石赏石者愈来愈众，一些村镇特别是汝河沿岸的村子，几乎每户人家都堆有奇石，多供自己赏玩，也偶有买卖。专业玩家将汝河奇石和梅花玉产品销往全国各地，收益颇丰。

梅花玉是汝河的杰作，也是汝阳的特产。据专家介绍，梅花玉是由火山喷流的岩浆冷凝而成的岩石，由于岩浆在冷凝过程中大量气体逸出，形成了许多气孔，这些气孔被多种矿物充填。墨黑的石面抛光后五彩纷呈，花鸟虫鱼疏影其间，赏心悦目。梅花玉汝河有，伊河有，洛河也有，但主要集中在汝河上游的汝阳县。

有奇石，自然也有奇石文化。经过多方考证，梅花玉古已有之，典籍也多有记载。《水经注》载："紫逻南十里，有玉床，阔二百丈，其玉甚密，散见梅花，曰宝。"紫逻山就在汝阳县城东 2 公里处。紫逻口原来距县城较远，城市不断扩展和延伸，现在已在县城边沿。这里两山对峙，古称"汝阙"，是县城的咽喉，也是唯一的渡口。史载：紫逻山梅花玉，殷周时已有开采，汉时被光武帝封为国宝，皇帝玉玺及宫中器物均为所制。梅花玉底色如墨，质地坚硬细腻，有红黄绿蓝白紫各种花斑，构成梅花及虫鱼鸟兽诸多图案，其状之美，令人叹服。清代高步《文石赋》有云："伊洛之地，汝水之滨，天产奇石，云秀含精，异砰砰之素质，仍磊磊以坚贞，体贲若采，肤泽而文；俪化工之雕绘，凝河伯之丹青，幻形移出，异状争呈；或如桃菀灼烁，或如杏态轻困，或如梅格清奇，或如松盖轮囷；其在水也，波光澄澈体质愈妍，殷红浅碧，亦媚亦嫣，飞鸟下欲啄，游鱼恋之时唼，同赋形于大造，尔何斐然而足观。"从中可见梅花玉之媚艳。

前些年，汝阳的梅花玉开采较为粗放，加工也相对简单。然大规模拣拾之后，梅花玉变得极为稀缺。现在，汝阳梅花玉实行保护开发，开采有序，加工精细，有碗碟盘杯生活用品，手镯、项链、佩挂件饰品，文房四宝，各种花木鸟兽，官印私章等工艺产品400余种，具有很高的收藏价值。人们若得此玉，则视为珍宝。

走进奇石馆，各种奇石琳琅满目，独有梅花玉格外清秀而引人注目，有绿梅、红梅、米梅、硕梅、新梅等，朵朵梅花配以白色、金色或青色的枝丫，或细小，或硕大，镶嵌在墨底之上，格外动人。据店主介绍，梅花玉石底多为墨色，红底或红褐底偶有，白底少见。无论什么品种，只要玉体上有梅树恰似一株枝干清晰，或梅花多彩纷呈，疏密有致，蓬蓬勃勃，图案形态清晰逼真，都视为珍品。

伫立紫逻崖壁，但见凉凉汝水迈着轻盈的步伐，沿城南自西向东缓缓流出谷口进入平原，在汝水之上，我们仿佛闻得了一丝淡淡的梅香。

梦里杜康

　　也许是因为现代社会过于喧嚣和忙碌，宁静与闲适自然愈来愈成为当下人们最为时尚的追求。梦里杜康，人居仙堂，正是这样一所去处。

　　杜康仙庄在汝阳县境内，距九朝古都洛阳50公里，是酒祖故乡，也是酒文化的摇篮。进入杜康仙庄，就进入了酒都。这里不仅有长街曲巷、小桥流水、粉墙黛瓦、古藤盘绕，亦有闲适的庭院和惬意的田园风光，除了古朴典雅之外，还有一种回归自然的恬适。

　　在散发着酒香的仙庄徜徉，你可以与刘伶邂逅，体味杜康美酒醉刘伶的三年梦乡；你还可以在葱绿的竹林，与竹林七贤不期而遇，一起小酌，感受竹林生活的舒适与悠闲。如果你有雅兴，就乘着酒兴挥毫泼墨，或赋诗填词，或琴棋书画，在酒与诗中抒发自己的文人情怀。

　　迈着悠然的脚步，走在河石堆砌错落有致且富有诗意的村道上，氤氲在美酒流淌的醇香里，接受中国酒文化的洗礼。杜康酿酒的酒泉，至今依然在仙庄的酒泉沟里，向来者诉说着中国秫酒的古老历史。轻抚漆块斑驳的古宅门窗，就能闻到被酒浸过的幽幽木香，让你在悠闲之中慢慢咀嚼杜康仙庄的古朴与厚重。

脉脉含情的杜康水从古街穿行而过，洁净的水下，成对的河虾拥抱着浅游。波光粼粼的水上，专产双黄蛋的鸭鹅悠然自乐。桥下有村姑在石板洗衣的倩影。在山水倒影的画面上，你可欣赏沿河两岸古老而繁荣的街市，街市的房屋是仰韶文化建筑结构，飞檐翘角高挑着具有神奇色彩的五脊六兽，充满着浓重的中原文化的气息。牌匾酒幌在风中摇曳，杂货店、饭店、酒店、肉店、工艺酒具店、美术字画店挤满了大街小巷。深深的巷子里，不时飘来酒香，那是从用古老传统工艺酿酒的作坊飘来的。你到任何一家，都可以在刚刚酿制成熟且正从蒸笼里流出的细若游丝的酒瀑中，接一杯原酒，并在冒着酒气的酒水里，免费品尝到纯美甘冽的美酒。

杜康仙庄有一聚仙楼，依山傍水，雕梁画栋，古香古色，为文人雅士把酒言欢吟诗斗酒之所。聚仙楼后不远处的山坡上有一雕栏玉砌的吟月台，台上有一别致的望月亭。这种格局，让人联想到了酒与诗、诗与月的典雅。在此小饮，你定会以酒为引，即景即情，在酒中倾泻灵感，吟诗作画。若恰逢圆月之夜，你会在朦胧含蓄曼妙的光影里，登上亭台，在一段月光相映的酒香中，将心送给明月，将魂融入酒中，随着月，伴着酒，进行着酒与月的诗情，把酒问天，举杯邀月，发思古之情。

从杜康仙庄向外延伸，更是静雅之所，有荷塘，有芦苇荡，有竹林，有别致的田园。你可以像陶渊明一样，在回归自然里怡然自乐，"欢言酌春酒，摘我园中蔬"。

总之，无论你在杜康仙庄的任何地方，无论以何种方式，都

236

会找到酒源，都能在一缕酒的馨香中，感慨历史的沧桑，在琴棋书画、诗酒花茶的雅致中，品味到人生如诗的美好。

如果你闲居杜康仙庄，就会充满诗意地活着。

2016 年 6 月

走进观音寺

在汝阳境内，现存最古老的寺院就属观音寺了。

观音寺坐落于汝阳县城东南十公里处的圣王台村，北临汝河，南依凤凰山。据史料和碑碣记载，观音寺始建于五代时期，宋庆历年间初具规模。如按民间说法，观音寺的历史则更为古老悠久。据传说，手持净水瓶、骑虎、镇服五毒的张天师有九个女儿，小女因厌倦天庭生活而私自下凡，遍游神州之后，选择在此风景秀美的汝阳凤凰山居住，并种下天庭独有的银杏树。九女因触犯天庭被其父压在凤凰山下，后被大慈大悲的观音菩萨拯救，点化为一汪清泉，名为"九女泉"，以滋润天下生灵。商汤灭夏后，国泰民安，不久连年大旱，庄稼颗粒无收。为拯救苍生，汤王亲率文武大臣到"九女泉"祈雨，天感其德，普降甘霖，解除旱情。汤王感其灵验，遂建"汤王宫"以作避暑养息、遇旱祈雨之用。后人为纪念汤王恩泽，特在原址上建庙塑像，以香火祭之，这便是观音寺的前身。后来，观音菩萨路过此处，看自己点化"九女泉"的地方先建了汤王宫，心有不悦之情，便在宫前一侧建了"观音阁"，且书写对联"雨冢凌霄道觉路，半岩叠翠护法门"镶于门前,让来者窥见其中玄机。从此,人们便将此地作为观音道场。"汤王庙"延至春秋时期便在民间更名为"观音庙",至此"观音寺"正式定名。岁月沧桑,风吹雨淋,观音寺日渐颓废,明正统年间,一法号为"铁船和尚"的僧人来到这里,立誓修复寺院,在他和后来历代寺僧的努力下,观音寺在保存原貌的同时,日臻完善,建成了现在的规模。

汝阳观音寺的许多传说虽无据可考,但与寺内建筑相当吻合。"汤王宫"是现在观音寺最古老、最大、最雄伟的建筑。汤王宫高台之上有一"洗心井",这是一眼独特的井,井筒呈六边形,六角竖立六根石柱,石柱之间的六个石面上,分别镶刻着"火葫芦""乾坤图""阴阳板""如意钩"等八宝图案,故又称"八角六棱井",观音菩萨点化的"九女泉"就从此井流出。最神奇的是"洗心井"的水位,经年不变,无论旱涝,始终如一,不升不降,清澈见底,堪称一绝,印证了"九女泉"的神话。台上还有数株银杏树和"扭筋莲花柏",浓密葱郁,游人可在充满想象的空间里尽享前人留下的余荫。

"一步三孔桥,八角六棱井,七十二望角"是民间对观音寺描绘的一幅速写画。"汤王宫"前面是大雄宝殿,供奉着释迦牟尼佛祖。大雄宝殿后门与汤王宫高台一步之遥间,架有精致石砌的"升圣桥",即"一步三孔桥",两边左右对称的是迎旭阁、横霞阁及两孔石窑。东窑为"老母洞",额题"何须面壁",洞内供奉一尊青石佛像,石佛端坐在四个弓腰弯背、面带愧色的人抬着的石台上,据说四人分别为子都、庞涓、罗成、韩信,他们为了悔罪而在此自新,正如洞门两侧挂着的对联"莫向他山借石,还来此地做人",其中寓意和禅机耐人寻味。西窑为"水帘洞",额题"圣泽日新","九女泉"水从窑内流出,经石桥注入东西汤王池绕向前院。西侧的"迎旭阁"即为"观音阁",阁不大,且在高台之下,就是传说中观音菩萨栖居的一隅之地。

汝阳观音寺的建筑格局与白马寺相仿,坐南向北,殿宇房舍六十四间,分主体两翼三部分。左翼是竹园、树林,右翼为和尚之作坊。主要殿宇分五层四进,依次为"天王殿""关圣殿""大雄宝殿""汤王宫",分布于一条中轴线上,由北向南依山就势逐渐升高,自然形成阶梯地形。观音寺建筑气宇轩昂,雕梁画栋,古香古色,殿顶飞檐翘角上青砖灰瓦五脊六兽,尽显着"七十二望角"的悠然神韵。进入山门,迎面入目的是"天王殿",殿的中央立一小型殿宇,供奉着天王李靖,四条垂脊之上饰各种小兽。殿外四角建四座碑亭,碑楼上方成弧形建筑饰以浮雕,多刻人物故事。山门两侧分立钟鼓楼,钟鼓楼的上半部有四条石柱擎起,灰筒瓦盖顶加琉璃边,四角各挂一铜钟,微风吹拂激荡作声,缭绕悠悠禅意。

从月宫门步入,便是护法神关圣殿,殿内东西两壁保存有两幅清代壁画,构图严谨,人物栩栩如生,是寺内的珍品。关公在这里坐正殿,待之如佛,这在全国寺院绝无仅有。据说,随着唐代儒佛道文化的彼此交融,关公信仰逐渐普及。当时虽战乱纷繁,但汝阳圣王台一带却屡次免难,百姓以为与观音显灵、关公显圣的灵异有关,便将关公敬于中堂殿内,以神视之。

越是古老,越显得低调。汝阳观音寺以其古老而厚重的韵味,默默向来者诠释着历史的沧桑巨变,是研究我国佛教和古历史文化变迁不可多得的实物资料。观音寺虽临街心闹市,但一道矮墙隔开了神灵凡俗两界。寺内苍松翠柏,清幽静谧。只要踏入其境,立感佛门清净,超然物外。

游走岘山

汝阳境内，有一岘山，相传是真武得道成仙之地，故有道教名山之称。此山，山峦叠翠，中峰独峻，夏日雨后，翠峰迭出，扶摇直上；冬日雪后，如银砌群塔，琼楼玉宇，蔚为壮观。据《金史·地理志》载：梁县（汝阳古称）有霍阳山，俗称岘山。山上遍布芳草碧树，山顶庙宇数间，香客甚多。仰望如天上宫阙，站在山顶，八百里伏牛，山峦起伏，绵延不断，云蒸霞蔚，烟雾缥缈，山上有云，云中有山，云缠雾绕，仿佛身处仙境。俯视山下，西面山谷，一条清溪伸向远方，再向北望，茫茫汝水宛如一条银带，向东南飘去。

岘山在三屯村东南，海拔 1165 米，因山巅祖师庙为铁瓦覆顶，故又名铁顶山。岘山风景秀丽，令人神往。"岘山叠翠"是古时汝阳八景之一，"梳妆云楼"更是点睛之笔。"伊阳有座梳妆楼，半截插到天里头"指的就是岘山的梳妆云楼。说是楼，其实是山峰，该峰峦呈圆柱状，恰似一口倒扣的大钟，高逾千仞，陡峭峥嵘，大有拔地通天之势。山腰有台地两匝，将山分为上下三层，层与层之间接榫明显，宛若三层楼宇。半腰处有三个横排成行的大圆孔，据说是仙人筑楼时留下的架木眼儿，惟妙惟肖。云楼前有一石柱，高百丈，柱身峭绝，柱顶平坦，无一枝一柯寄生，无一花一草掩饰，这就是梳妆台。马兰河水盘绕台前，一楼一台，相映成趣，山光水色，美不胜收。相传古时有位皇太子，出家问道，在此修炼，披风霜，沐雨露，早上手捧河水对台梳洗，晚上背靠妆楼面河入眠。后来，定力日深，废了梳洗，无有睡意，再后来，披头散发，渐入化境。经冬逾夏，岁岁年年，飞鸟在其头上筑巢，走兽在其身边厮斗，均视而不见。天上王母见太子将成正果，为试定力，变一美貌女子前来挑逗，太子勃然大怒，提剑追杀，经跑马岭，过剑劈石，再跨一步三孔桥，直追山顶，在舍身崖处一脚踏空，结果脱胎换骨，超升仙界，成了真武祖师。

岘山历史悠久，道教底蕴厚重。史料记载，岘山道教，兴于东汉，盛于隋唐。中间虽几经兵火，但至今基本格局仍未改变。自主峰铁顶而下，真武观、崇天宫、广行宫三道宫观，依次排列在一条长达五公里的南北中轴线上。三个建筑群共计殿阁屋舍120 余间，现存塑像30 多尊。1995 年 7 月，岘山道士在老石壕一泉水坑内清淤时，意外发现一方大型金印，重800 克，经考证认定，此印为北魏太祖拓跋珪天兴元年（398）七月定都平城初的万户侯印，距今已一千六百多年。可见，从南北朝起，这里已不是蛮荒之地，是一条连接鲁阳（今鲁山）、梁县（今汝阳）、伊阙直至洛阳的古道。

广行宫，又称南宫，坐落在岘山北麓的三屯村，是岘山的第三道宫观，也是登山的必经之地。在这座宏伟的古建筑群里，"木龙驮钟"堪称一绝。当初，宫内古木竞顾，松柏争秀，月台旁有一株千年国槐，出类拔萃，独占鳌头，苍劲古朴，浓荫如盖。探向东南的一枝宛若一条摇头摆尾的虬龙凌空欲飞，千斤之重的大钟就悬挂在槐树枝上。每当东方欲晓，晨钟响起，远在数十里外的观音寺大钟便会嗡嗡和鸣，遥相呼应。随着树枝不断增长，大钟的挂柄被不断长大的树枝包进树身，使大钟与国槐浑然一体，从此，神奇的"木龙驮钟"闻名遐迩。每年农历二月二十日，古刹大会便从这里开始，连续七天直到二十七、二十八、二十九三天进入高潮，一时间，东保的"军牢"、南保的"马仔"、北保的"吹杆"、三屯的"铜器"相继登场；玩洋片，唱对戏，跑马卖艺上刀山等大小杂耍纷纷露面，各显其能，各展其长，成千上万的群众为之狂欢，为之陶醉……可惜的是，"大跃进"时，那口大钟被丢进了炼铁炉化为铁水；"文革"期间，千年古槐又被大火焚烧，"木龙驮钟"从此不复存在。幸运的是，那株经过淬火之炼的古槐，靠着残存的韧皮，奇迹般发出绿芽，抽出枝条，形成绿荫，依然伫立在复原的广行宫内，并以它饱含活力的躯体，见证着历史的沧桑巨变。

从广行宫问道岘山，要经过寨子沟，这是朝拜岘山的北入口。沟内绿树红楼，小溪潺潺，击鼓鸣琴。沟中有一青石柱板铆接而成的灶君庙，几株大树像撑天巨伞庇护着这座神龛。传说很久以前，有一位屡试不第的穷书生，因为仕途无望而看透世态炎凉，只身飘零于此，时值三伏天，饥渴难耐，一躺不起，迷茫中，有位自称"灶君"的白发长者给他送来稀饭和炊饼，书生用完，顿感精神百倍，正要起身致谢，老人却飘然而去。后来人们便在此修建了灶君石庙。庙旁有净心池，池水可供饮用和沐浴，净心醒神登山不疲。

走过寨子沟，再往上就是神道。神道时缓时急，陡峭崎岖处，东邻幽谷，西靠陡崖，随山就势，左穿右行，时而山穷水尽，时而柳暗花明。若遇雨雾天气，谷涌白浪，山舞素绸，漫步其间，恍若步云游海。平缓之处，农舍古朴绿丛掩映，鸡鸣犬吠不绝于耳，若是阳春三月，桃红柳绿，鸟语花香，仿若世外桃源。

走过神道，便是半山腰的二道宫，即崇天宫了。这是一座较大的建筑群，汝阳县道家协会就在这里。汝阳道教属全真教，以《道德经》《孝经》为经典，是儒释道三教融合的产物。岘山建筑在"文革"期间已基本毁灭，随后日渐恢复并有所发展。现在宫中大殿林立，雕梁画栋，古香古色，儒释道塑像奉于各殿中，供人膜拜。大殿之内，磬声悠然，馨香缭绕，来者可在几分禅意中品悟道家真谛。崇天宫南200米处是磨针胜迹，传说玄武大帝修行日久，有灰心之意，王母化身农妇，于此铁杵磨针点化，祖师得度，坐化成仙。今铁针与磨针石尚存。

沿山路向上，两峰耸立，山谷通透，仙风穿谷而过，俗称仙风过垭。风口处，有一庙宇，前后门框相对，为无门之门，暗含道家之道。风从中通过，毫无遮挡。四大天王分列庙内两边，手持兵器，怒目圆睁，守护着垭口。旁边碑刻记载：唐朝通天元年，女皇武则天在中岳封禅后，到岘山游玩，登山到此，狂风施威，飞沙扬尘，女皇避之山崖，拂袖怒斥，大风迅息。此后，无论过风垭山风再大，唯女皇休憩处大风止息。此时正当秋风迅疾，前往女皇避风处体验，果然如此。

从过风垭，向左可到玉皇顶，向右可达祖师顶。玉皇顶有玉皇阁、太白观世台、劈剑石等景点。祖师顶上有真武观，真武大帝安坐正殿，两旁厢房供奉有各路神仙。宫观没有门禁，登山朝拜者可直入观内。正对大殿处，有飞来石，上刻唐太宗李世民

"危峰独见"四字。相传真武观落成，午夜从西天飞来一石，如天柱兀立，造型奇特，俨然主峰缩影。据南宋郑樵《通志》载：唐太宗经此，以其危峰独见，类襄阳之岘山，故名岘山，遂题岘山墨宝，并刻于飞来石上，立于山巅。真武观南，有一峭壁，上接极顶，下临深涧，刀削斧劈，壁立百丈，是传说中祖师舍身升仙处。真武观西有一石井，上刻"岘峯天井"，泉水清澈，始终如一，可供人饮用。站立山巅，一览众山，顿感天高地阔！

　　山水形胜处，自招游客来。古往今来，前来岘山问道的帝王将相、文人墨客络绎不绝。"诗圣"杜甫赞美岘山道："地开峨眉晚，天高岘山青。"宋诗人梅尧臣慕名登临，留下"梁县胜襄阳，万瓦浮青暝"的诗句，一说梁县岘山风物之美胜过襄阳岘山，二讲山上建筑规模宏大，且有薄天拿云之势。苏东坡登岘山后曾留下诗句："梁县胜襄阳，万瓦浮青暝。我非羊叔子，愧此岘山亭。"元代汝州进士张政的诗作，蕴含了岘山胜景的全部内容："叠嶂层峦翠色重，白云散尽现晴峰。眼前眉黛浑如画，谁识天机造化工？"清人张文德《同诸明经登岘山》诗云："绝磴人从树梢行，竦林风送恍钟声。多情高士能留客，无事闲僧不到城。远岫孤云堪极目，空坛瑶草颇怡情。他年拟践荷衣约，顶向禅房记姓名。"流连忘返，执意再来的心态跃然纸上。当代文化名人芦焰先生在他的《登岘山感怀》诗序中称："壬申年五月下旬，……游汝阳城南三十里之岘山……极目环顾，山川林野，大块锦绣；汝、鲁、嵩、伊，近在眼底；三川淮汉，依稀可见。俯仰天地，激荡胸怀，感慨难已。中原兴衰，汝、伊沧桑，此峰正是永远不老之见证人。"这是站在岘山之巅对自然与人文品位的恰切吟咏。

秋游石龙沟

崇山峻岭之中，奇峰林立之间，一条狭窄幽深的沟壑如潜龙游走于 V 形山谷之中，谷地错落有致地堆满了大小不同的怪石，大如整山，一石高耸，陡峻叠岩，孤峰冲天；小如奇峰，形态迥异秀美，沧桑韵味十足。清清溪流伴着幽谷在林中草丛、石头缝隙间自上而下淙淙流淌，或出或入，时隐时现。隐流处，只闻岩下低鸣，明水间，但见浪花石上。偶有小潭，砾石为底，清澈如镜，游鱼可见。山涧曲径，树木掩映，石骨嶙峋。举目，峰峦叠嶂；低眉，流水湍湍——这便是汝阳的石龙沟。

俗话说：山水天下，景色宜人。有山无水，山就显得干涩；有水无山，水就显得淡薄。石龙沟正是由于山涧溪流盘绕自上而下，才成为山水相濡以沫、自然秀美的风景绝佳之地。

此值秋季，天高云淡，石龙沟绿色浓密，颇显几分风韵。景区门前，缓流而下的河水聚起一个湖面，洁净的湖水倒映着绿色的山体和多彩的天空，好像特技制作的四维空间山水画，晶莹剔透，生动迷人。步入山门，一幅天然的盆景出现在视野里，松盖遮掩，台石疏斜，砂石坡面，细流涓涓，野花翠叶上，露水盈盈。在此浓荫庇护之下，若有清茶一杯，躺椅摇晃，或有筝琴雅韵，该是何等逍遥和悠然惬意。

拾级而上，时有小树赫然生长于石阶正中，那是修阶者为避免伐树而刻意留有的善意，恰如其分地宣示着人与自然的和谐。路中小树，不仅没有成为行路的羁绊，反而增添了一处风景，而这风景，自然成了人们爱惜树木的碑文，每当在此经过，便意会其中爱意，并感悟开发者的匠心独具。

逆流而上，峰峦挺拔，流水四环，植被丰厚，山峻、石奇、花艳、水幽、洞美。风化的岩石隆起丰富多彩的幽洞、洞内洞外皆是奇石，再有清溪相伴，组成了一幅水、石、洞绝配的画面。洞连着洞、洞中有洞，忽暗忽明，水声潺潺，悦耳动听，恰如梦中求索，穿越时空。联想众多关于龙的传说和故事，觉得石龙沟更加神奇诱人。

林中红叶掩映于翠绿之中，醉人的色调衬托了天空的湛蓝和水的明净。飞瀑因了秋天更加清冽，硬硬直直地砸出一汪潭水来。那潭在白瀑、红叶与天光的映衬中，分外明净，游鱼细石历历可数。偶有一枚红叶落在水面，潭水波澜不惊，鱼却飞快地游走。这种动人的风景与眼下层林尽染的秋色叠加，令人神思飞扬。

穿行峡谷之中，时有巨石阻拦，游人不得不顺着狭窄的巨石缝隙向上攀登，小心翼翼踩在人工焊接的铁板阶梯上，摸黑中，转身凌空转层，待探出洞口，则另有天地，山路悬挂于石壁，渐次而上，路在何方，尚不明朗，就在心有悔意之时，柳暗花明，别有洞天。一块开阔之地，湖水充满峡谷的所有空间，周围山色和白云倒映湖中，细风吹来，涟漪波动，若海市蜃楼。湖中游船任尔东西，若不坐船，可沿环湖小径细品山水韵味，将自己融化于自然，在自然的怀抱里沉醉。

在湖边绿荫小憩，蝉鸣入耳，时有清凉之气扑面而来，让人神清气爽。林中地面松软，是千百年来的树叶松针掉落后层层积累，绵绵悠悠，仿若脚踩云端一般。如若不累，步行数百米即到峰顶，途中古木参天，虬枝缠绕，登临山巅，可在一览众山小的情怀中，欣赏伏牛秋天的秀美。

辗转山水之侧，流连草木之荫，步林石幽径，听泉鸣山涧，立峰顶亭下，览雾锁群山，在一方自然的风景里，体验了秋之浩瀚。

石龙沟没有过多人工雕琢的痕迹，也没有开发者自以为是的画蛇添足，一草一木，一花一石，原始自然，走在景色之中，自己仿佛成为多余，而这山、这水、这树、这石，连同那风、那雾、那天的蓝和草的绿，都是这里的主人。

如今的石龙沟已经更名为龙隐了，而秋天的石龙沟，如一曲霓裳羽衣，至今还在心中回响。

2007 年 10 月

仰望自然的心语

在苍茫的大地上，几乎可以忽略任何嘈杂喧嚣，几乎可以透视辽远的空旷，一个若有若无的身影，卑微而虔诚地仰望着自然，那便是我。

经过多少万千世界的万千轮回，神奇的自然终于造就了拥有思维和智慧的精灵，这是大自然的杰作，是大自然的选择，也是我们人类的幸运。

大自然的每一个领域都是美妙绝伦的。风永远吹着，草永远生长着。每一天，男人与女人，谈着话，观看着，被观看着，还有各样的花相伴着。不可理解的连贯性，从来没有开始，也从来没有结束，永远圆形的力，从自身发出，又回到自身。和人的心灵相像，永远不能找到开始与结束，那样完全，那样无限。大自然的光彩，照得那样远，向上，向下，宇宙上面，还有宇宙，无穷无尽。没有中心，没有圆周，无论聚集或分散，都一览无余地向人表白着那种无穷的神秘。这样神奇万能的大自然，怎不令人敬畏地仰望。

痴迷于自然之中，静下心来，放慢脚步，与人生道路上的美丽事物凝视对话，无论天地日月星辰，还是雨雪风霜雷电，无论山川湖海，还是鸟兽虫鱼花木草树，都会情不自禁为那无以言状的美而怦然心动。大自然的真情，不间断地在心灵的镜面折射，情感的溪流便会激起笔端的浪花，或直抒胸臆，或委婉表达。

美，存在于自然中，物竞天择的丛林法则，就是悲喜交加的美源。尽情于自然之中，倾情于生活之下，有欣喜，也有悲愤，有欢笑，也有呻吟，有高歌，也有呐喊，这种来自自然的情感，构筑了色彩斑斓的想象空间，成就了曼妙的诗意盎然。这是善意而真诚的呼喊，是心灵的诗意吟唱。也是我在自然的诗路上，以卑微之躯，在向大自然深深问情之后，羞涩地栖息在枝头上的花语。

大自然的本意，就是自己的燃烧。无论是《问情自然》，还是《栖息枝头的花语》，其实就是自燃的折射。虽然稚嫩，但也是一份真情。窃以为，树木繁茂，百花色泽鲜丽，自由展示其生命之美。人亦如此，无论站在山头，还是蜗居深谷，都可以展示自由的生命活力。《问情自然》以及《栖息枝头的花语》都是匍匐在地的小草粒所绽放的一朵小花，是浸泡自然过程中散发出的一丝幽香，对于我，则是一份坦然，一份安定，一份自在，一份愉悦。

后 记

　　我的名字在中国公民户籍档案上难以寻见，我查询过，和我同名者就目前而言还没有出现，而我独一无二的名字，却因为户籍登记的笔误而以另一个非我的名字出现在户口本上。从某种意义上说，在这个世界上，我是一个连名字也没有的个体存在。但是，无论有名无名，生活中，我还是我，没有因此而改变。我和那些席地而卧的民工、极速奔波的快递员、流水线上的工人、田间耕作的农人、边防线上的战士一样，在广袤的土地上，默默地做着一个平凡人该做的平凡事情。我以为，作为普通人，就像自然繁杂多样的生物一样，无论有无名字，均会在自己的世界里生活成长，无论他人是否记得，来与不来，它一直都在，且以一朵小花的微笑姿态，或灿烂，抑或凋谢。这就是我将此书命名为《微花世界》的缘故。

　　上苍赋予一个生命的存在，已经是莫大的恩赐了，作为生命，会自然本能地、竭尽全力地在这个世界散发着光彩。耀眼也好，黯然也罢，生命都在以自身的力量顽强生长，正是这种伟大的力量，才使自然世界变得光彩夺目且异彩纷呈。

因此，在自然和谐的世界里，我们不能忽视任何存在于这个世界的生命个体，且应以平等的姿态，给予那些微小生命关注与呵护。

本书收录了我自 2005 年第一本散文集出版之后的零星之作，多数已在报纸杂志发表。虽然水平有限，但都来自我内心深处的情感，是一份难以忘怀的记忆。

2021 年 7 月 12 日